God Game

W0014607

SØREN JESSEN

GOD
GAME

Aus dem Dänischen von
Marieke Heimburger

GABRIEL

1 Nichts

»Verdammte Scheiße«, knurrte Mads und biss die Zähne zusammen, während er sich durch das Gewitter kämpfte. Der Regen peitschte ihm ins Gesicht und er war nass bis auf die Knochen, aber das war nicht einmal das Schlimmste. Das Schlimmste war, dass er vor weniger als einer halben Stunde, nachdem alle anderen bereits nach Hause gegangen waren, im Klassenzimmer seiner Dänischlehrerin gegenübergesessen hatte und einfach alles schiefgelaufen war.

»Du hast im letzten halben Jahr keinen Schlag getan«, hatte Frau Holst behauptet.

»Aaah. Das stimmt so nicht ...«

»*Nichts*!«, behauptete sie und tippte mehrmals energisch mit dem Zeigefinger auf den Tisch. »Du gehst jetzt in die siebte Klasse, Mads. In der siebten Klasse muss langsam mal was passieren. Auch mit dir. Aber ich habe den Eindruck, dass du überhaupt nicht mehr zuhörst.«

»Doch, mach ich«, wehrte Mads sich.

»Das sehe ich leider nicht so, und deshalb habe ich unzählige Male versucht, deine Eltern anzurufen, leider vergeblich.«

»Sie haben bei meinen Eltern angerufen?« Mads traute seinen Ohren kaum. Was fiel der Alten eigentlich ein?

»Das ist völlig normal, dass man die Eltern eines Schülers anruft, wenn man mit ihnen sprechen möchte.«

Mads schüttelte den Kopf.

»Würdest du ihnen bitte ausrichten, dass sie sich mal bei mir melden sollen?«

Mads seufzte tief. Hatte er auch die Augen verdreht? Er wusste es nicht mehr genau, aber irgendetwas musste er wohl getan haben, denn auf einmal schlug Frau Holst mit der flachen Hand auf den Tisch und fauchte: »Jetzt reicht's mir aber, Mads! So geht das nicht weiter. Dann bekommst du eben einen Brief mit nach Hause. Nimm deine Sachen, wir gehen zum Schulleiter.«

»Ach, nee, also ehrl ... «

»Du kommst jetzt mit! Sofort!« Sie stand auf und stemmte die Hände in die Seiten. Innerlich kochte sie vor Wut, aber nach außen war sie wieder ganz ruhig. Sie versuchte, ihm in die Augen zu sehen. Doch Mads wich ihrem Blick aus.

»Siehst du, jetzt schon wieder«, sagte sie.

»Was jetzt schon wieder?«

»Jetzt siehst du schon wieder so aus, als hättest du nicht zugehört. Oder dir ist einfach alles nur egal. Aber wenn ich keine Antwort bekomme, kann ich ja nicht wissen, ob du verstanden hast, was ich gesagt habe.«

»Ich habe es verstanden«, seufzte Mads und bückte sich nach seinem Rucksack.

»Gut. Dann komm. Ich hab nicht den ganzen Tag Zeit.«

Er stand auf und folgte ihr, und während er so durch die Gänge schlurfte, dachte er, wie ungerecht das doch war, eine Dänischlehrerin zu haben, die die Jungs in der Klasse nicht ausstehen konnte und die Mädchen alle ganz toll fand. Da konnte man ja machen, was man wollte. Und Mads konnte sie am allerwenigsten ausstehen. Jedes Mal, wenn er im Unterricht etwas sagte, war das in ihren Augen schon von vorne herein völlig falsch und geradezu idiotisch.

Als sie das Büro des Rektors erreichten, bat Frau Holst ihn, im Vorzimmer zu warten. Sie wollte zunächst unter vier Augen mit dem Schulleiter sprechen. Mads konnte sie jenseits der Tür reden hören, aber den genauen Wortlaut verstand er nicht. Wenn die Sekretärin nicht gewesen wäre, hätte er glatt das Ohr an die Tür gedrückt und gelauscht. Aber so blieb er lieber, wo er war. Mann, war das lächerlich. Er war ja nicht mal der Schlimmste in der Klasse. Und wieso wurde jetzt ausgerechnet er dem Rektor vorgeführt?

Da kam Frau Holst wieder heraus. »Kannst reingehen«, sagte sie, zeigte über die Schulter zur Tür und marschierte an ihm vorbei hinaus auf den Gang. Mads erhob sich seufzend. Er fühlte sich so schlapp. So unendlich schlapp. Er klopfte an und betrat das Büro des Rektors, der zumindest nicht so wütend war wie Frau Holst und sogar eher traurig wirkte. Grau und traurig und unendlich müde. Mit den dunklen Ringen unter den Augen und seinen Hängebacken sah er aus wie ein Bestattungsunternehmer bei der Beerdigung seiner eigenen Mutter. Super.

Ein greller Blitz durchzuckte die dunklen Wolken, gleich darauf krachte es wieder. Das war Mads nicht ganz geheuer. Er hatte kurz unter einer Birke Schutz gesucht, aber als das Gewitter dann richtig losbrach, traute er sich nicht, dort stehen zu bleiben, und ging mit seinen durchweichten Schuhen, die offenbar nicht sintfluttauglich waren, und seinen klatschnassen Klamotten, die ihn mehr kalt als warm hielten, weiter. Warum war er denn heute bloß nicht mit dem Fahrrad zur Schule gefahren? Dann wäre er jetzt schon längst zu Hause gewesen. Er würde sich vielleicht erkälten, aber viel mehr Sorge bereitete ihm die Frage, ob sein iPod und sein Handy wohl nass wurden. Das wäre eine Katastrophe. Darum hatte er beides aus den Hosentaschen genommen und sich den iPod unter die linke und das Handy unter die rechte Achsel geklemmt. Jetzt konnte er schlecht mit den Armen schwingen und darum auch nicht rennen. Er sah aus wie ein behinderter Pinguin.

»Verdammte Scheiße«, wiederholte er. Und dann:

»Pisse, Kacke, Pisse, Kacke, Fuck!« Die Wörter kamen daher wie der Beat eines Hardstylesongs und plötzlich breitete sich der Rhythmus in Mads' gesamtem Körper aus. Die Beine bewegten sich immer schneller, bis Mads eher einem fröhlichen Pinguin glich, der im Regen spazieren ging, weil ihm das Spaß machte. Mads hörte nur noch Hardstyle, seit er die Musikrichtung vor etwas über einem halben Jahr zufällig entdeckt hatte. Inzwischen war er süchtig danach. Nach der Energie und dem Tempo. Manchmal kam es ihm fast so vor, als würde nur die Musik ihn noch am Leben halten. Er kannte sonst niemanden, der Hardstyle hörte. Das enorm hohe Tempo und die kreischenden Elektro-Sounds – auch »Screeches« genannt – waren den meisten zu krass, aber Mads stand total darauf. Vor dem Bildschirm zu sitzen, Computer zu spielen und sich über die Kopfhörer mit Hardstyle zudröhnen zu lassen, war für ihn der Himmel auf Erden.

Er wusste genau, wie Eva und Ole – seine Eltern – auf das Schreiben von der Schule reagieren würden. Sie würden nicht wütend werden wie seine Lehrerin, sondern unendlich traurig wie der Rektor.

Und enttäuscht würden sie sein.

Traurig und enttäuscht. Damit konnte Mads überhaupt nicht umgehen. Wenn sie ihn doch einmal so richtig zusammenstauchen würden und ihm für zwei Wochen das Taschengeld streichen oder Fernsehverbot erteilen. Oder nein, Fernsehverbot besser nicht, aber das andere gerne.

In einiger Entfernung tauchte sein Elternhaus auf. Wie es so dalag, sah es aus, als würde es sich ducken, wie alles andere auf der Welt. Niedergedrückt von den dunklen, schweren Regenwolken, die aussahen, als befände sich mehr Wasser in ihnen als in allen Weltmeeren zusammen, und als sei es reiner Zufall, ob sie die Schleusen öffneten und die Welt sauber spülten, oder ob sie das meiste zurückhielten und beim nächsten oder übernächsten Mal erneut mit Regengüssen drohten.

2 Klatschnass

Mads steckte den Schlüssel ins Schloss und taumelte ins Haus. Er war so nass, dass sich sofort eine Pfütze unter ihm bildete. Als Erstes fischte er vorsichtig seinen iPod und sein Handy unter den Achseln hervor und legte sie auf den Tisch unter dem großen Spiegel. Hatten wohl nichts abbekommen. Wenigstens etwas. Dann legte er seinen Rucksack ab und machte sich unter Mühen daran, sich aus den nassen Klamotten zu befreien, die sich wie eine kalte, schwere Haut um ihn legten. Er fror. Er zitterte vor Kälte. Und er erschrak fast zu Tode, als plötzlich die Tür zum Wohnzimmer aufging.

»Was machst …« Eva riss die Augen auf, als sie ihren Sohn nackt bis auf ein Paar klatschnasse Unterhosen im Eingang stehen sah.

»Ich f … f … friere«, stotterte Mads.

»Dann geh schnell hoch und lass dir ein Bad ein. Deine Sachen kannst du liegen lassen, um die kümmere ich mich.«

Mads nickte und sauste die Treppe hinauf ins große Badezimmer im ersten Stock. Er ließ heißes Wasser in die Wanne laufen. Als er Eva die Treppe hochkommen hörte, schloss er ab. Es klopfte.

»Alles in Ordnung?«, rief sie.

»Ja«, antwortete er und stellte den linken Fuß in die

Wanne. Das Wasser reichte ihm bis zum Knöchel. Wenigstens zitterte er nicht mehr. Im Badezimmer war es immer schön warm, und durch die Fußbodenheizung waren seine Füße schon ein bisschen aufgetaut, als er schließlich ganz in die Wanne stieg. Er klapperte aber immer noch mit den Zähnen, während er dem Wasser dabei zusah, wie es aus dem Hahn schoss und viel zu langsam die Wanne füllte. Es dauerte ewig, bis sein blasser Körper endlich bedeckt war, dieser Körper, der jetzt nicht mehr ganz so mager war wie noch vor einem Jahr. Mads fasste sich an den Speck, den er am Bauch und an den Seiten angesetzt hatte. Störte ihn nicht. Ihm war es egal, dass er schlecht in Form war. Er brauchte keine gute Kondition, schließlich trieb er keinen Sport.

Als die Wanne fast randvoll war, drehte er den Hahn zu, lehnte sich zurück und schloss die Augen. Wenn er sich vollkommen entspannte, stiegen seine Arme wie schwerelos an die Oberfläche. Er fühlte sich gut, wenn er sich leicht fühlte. Leicht und warm.

Es war ruhig. Zu ruhig. Er konnte sich selbst atmen hören. Unheimlich. Wo war sein iPod, wenn er ihn brauchte?

Als es an der Tür klopfte, zuckte Mads kurz zusammen. Wasser schwappte über den Wannenrand.

»Mads?«, rief seine Mutter. »Was machst du?«

»Ich bade, was denn sonst?«, antwortete er genervt.

»Es war bloß so still da drin«, rief Eva. »Du bist jetzt schon seit zwanzig Minuten in der Wanne. Meinst du nicht, es reicht?«

Das Wasser war in der Tat schon etwas abgekühlt. »Ja.«

Er öffnete den Abfluss, stand auf, trocknete mechanisch

einen Körperteil nach dem anderen ab. Was er jetzt gerade am allermeisten brauchte, war ein ordentlicher Schuss Hardstyle, direkt ins Ohr. Kaum hatte er sich angezogen, sauste er nach unten und holte seinen iPod und sein Handy. Dann ging er in sein Zimmer und steckte sich die Kopfhörer in die Ohren. Er überlegte kurz, den Computer einzuschalten, war dann aber doch zu müde. Also warf er sich auf sein Bett und schlief zu den hämmernden Hardstylebeats ein.

3 Defensive

Beim Essen sprachen sie kein Wort. Mads dachte an den Brief vom Rektor. Seine Mutter hatte ihn nicht gefunden, als sie seine Schultasche geleert und die nassen Bücher auf den Heizkörpern im Wohnzimmer und in der Küche verteilt hatte. Er steckte in einer der kleinen Seitentaschen. Und er war auch nass geworden. Am liebsten hätte Mads ihn einfach zusammengeknüllt und weggeschmissen, aber ihm war klar, dass das keine Lösung war. Also war er dem Beispiel seiner Mutter gefolgt und hatte den Brief zum Trocknen auf den Heizkörper in seinem Zimmer gelegt. Früher oder später würde er ihn seinen Eltern zeigen müssen, aber es musste ja nicht gerade jetzt sein. Das konnte auch noch ein, zwei Tage warten.

Es gab ein undefinierbares Fertiggericht, das Mads nur irgendwie herunterwürgte.

»Ach, ist das schön, dass wir mal alle drei gemeinsam essen«, freute sich Eva.

»Ja«, brummte Ole. Er sah müde aus. Rote Augen und zerzaustes Haar, als ob er gerade erst aufgestanden wäre. Aber so sah er immer aus. Er arbeitete einfach zu viel. Wetten, dass er nach dem Essen in sein Arbeitszimmer verschwand? Und Eva bestimmt auch. Sie hatten beide je ein Arbeitszimmer zu Hause. Eva arbeitete genauso viel wie Ole. Sie sah nur nicht so fertig aus. Mads überlegte, ob jetzt wohl der richtige Zeitpunkt wäre, ihnen den Brief zur Unterschrift vorzulegen. Solange die Stimmung so gut war. Er wollte gerade aufstehen, um ihn zu holen, als Ole ihn fragte, ob er Hausaufgaben aufhätte?

»Hab ich schon gemacht.«

»Wann denn?«

»In den Pausen in der Schule«, log Mads. Er hatte heute gar nichts auf.

»Okay.« Ole nickte und lächelte.

Mads hatte sich fest vorgenommen, den nächsten Aufsatz pünktlich fertig zu haben. Doch damit nicht genug. Er würde den besten Aufsatz seines Lebens abliefern. Er wusste, dass er was draufhatte. Er war schon immer gut in Dänisch gewesen. Er hatte als Erster in seiner Klasse lesen gelernt, und bis vor einem Jahr hatte er jeden Abend im Bett gelesen, bis er eingeschlafen war. Ein Buch nach dem anderen hatte er verschlungen. Aber das war jetzt vorbei. Jetzt interessierte er sich nur noch für Computerspiele. Er brauchte täglich eine gewisse Dosis, sonst wurde er unruhig. Abends saß er oft stundenlang vor dem Bildschirm und spielte bis weit in die Nacht, statt Bücher zu lesen. Bücher waren extrem langweilig. Und altmodisch. Was nicht mit Strom betrieben wurde, interessierte ihn einfach nicht mehr.

Er hatte schon immer gut und fehlerfrei schreiben können. Vielleicht war Frau Holst deshalb so hinter ihm her. Weil sie wusste, dass er konnte, wenn er wollte. Seine Eltern hatten noch nichts bemerkt. Sie hatten ja so viel um die Ohren. Zwar sagte seine Mutter hin und wieder, dass er für ihren Geschmack zu viel Computer spielte und dass er mal vor die

Tür gehen und sich bewegen sollte, weil er ein bisschen mollig geworden war. Aber das sagte sie nicht besonders oft und auch nicht gerade mit Nachdruck. Er stellte sich dann einfach eine halbe Stunde lang taub, dann hatte sie alles wieder vergessen und ließ ihn in Ruhe.

Das war alles, was er wollte – seine Ruhe. So wie jetzt. Aber dieser blöde Brief vom Rektor würde alles ändern.

»Und wie läuft's sonst so in der Schule?«, fragte Ole.

»Prima. Wieso? Zweifelst du daran?«

»Du brauchst doch nicht gleich in die Defensive zu gehen, nur weil wir … «

»Mach ich doch gar nicht.«

»Doch, finde ich schon. Deine Mutter und ich wollen ja nur … «

»Ja, schon gut. Alles läuft gut. Okay?«

»Das freut mich«, sagte Eva und nahm ihr Rotweinglas. »Dann brauchen wir ja auch nicht weiter darüber zu reden.«

»Wenn es etwas zu besprechen gibt, dann besprechen wir es«, sagte Ole.

»Ja, sicher, aber muss das ausgerechnet jetzt sein?«, fragte seine Frau.

»Wieso denn nicht? Jetzt haben wir doch Zeit. Sonst arbeitest du ja ständig.«

Eva stellte ihr Glas ab. »*Ich* arbeite ständig?« Ihre Mundwinkel zuckten und ihre Lippen formten sich zu einem spitzen Lächeln. »*Du* bist doch derjenige, der jeden Abend nach dem Essen in sein Arbeitszimmer verschwindet.«

»Sehr scharf beobachtet«, entgegnete Ole lächelnd und prostete ihr mit seinem Glas zu.

Mads kratzte die letzten Reste auf seinem Teller zusammen, schob sie sich in den Mund und stand auf. »Bin fertig.«

Seine Eltern schwiegen. Sie waren mit sich selbst beschäftigt. Mads nahm seinen Teller, sein Besteck und sein Glas mit in die Küche, stellte alles neben der Spüle ab und verschwand nach oben. Das Licht des großen Kronleuchters im Treppenhaus drang nicht bis in alle Winkel. Zu dieser Tageszeit klangen die Schritte hier besonders laut. Sie hallten zwischen den Wänden wider. Mads beeilte sich, in sein Zimmer zu kommen. In den einzigen Raum im ganzen Haus, in dem er richtig entspannen konnte.

Als Erstes schaltete er den Computer ein. Sein Summen steckte Mads' Körper an, sodass binnen Sekunden alle Anspannung von ihm abfiel. So war das jedes Mal.

Er setzte sich auf seinen Schreibtischstuhl. Seine rechte Hand umschloss völlig automatisch die Maus, während die linke sich auf die Tastatur legte. Endlich war die Welt für heute fertig mit ihm. Und er mit ihr. Endlich konnte er sich auf die Welt einlassen, in der er sich wirklich zu Hause fühlte.

4 Die Realität

Er war stolz, ein Gamer zu sein. Stolz darauf, ein guter Gamer zu sein, so, wie ein Handwerker stolz auf sein gutes Handwerk ist. Sollten seine Eltern, Lehrer und alle möglichen anderen blöden Erwachsenen doch meinen, dass die Jugend heutzutage viel zu viel vor dem Computer sitzt und sinnlose Spiele spielt, aber das ging ihm sonst wo vorbei. Die hatten doch keine Ahnung, wovon sie eigentlich redeten. Total altmodisch. Und das ganze Gerede davon, dass Kinder und Jugendliche, die Gewaltspiele spielten, davon selbst gewalttätig wurden, war absolut lächerlich.

»Einigen Jugendlichen kann es durchaus schwerfallen, zwischen der Welt der Computerspiele und der Realität zu unterscheiden«, hieß es.

Was für eine gequirlte Scheiße. Man müsste doch echt komplett zurückgeblieben sein, um den Unterschied zwischen der Realität und einem Computerspiel nicht zu kapieren. Mads kannte nicht einen einzigen Gamer, der nicht genau wusste, wo die Computerwelt aufhörte und wo die Realität anfing. Er war sich sogar hundertprozentig sicher, dass er gegenüber denen, die weniger Computer spielten als er, einen Vorsprung hinsichtlich der zukünftigen Gesellschaft hatte. In Zukunft würden Computer nämlich eine noch größere Rolle spielen als heute, und wer am meisten über Computer wusste, würde in dieser Welt am besten zurechtkommen. Wenn er am Computer saß und spielte, bereitete er sich doch in Wirklichkeit total zielstrebig auf die Zukunft vor. Echt behämmert, dass die Erwachsenen das nicht verstehen konnten. Was für ein Glück, dass seine Eltern Ärzte waren und beide kurz davor, zu Oberärzten befördert zu werden. Das bedeutete nämlich, dass sie tierisch viel arbeiteten und selten gleichzeitig zu Hause waren. Wenn sie denn überhaupt mal zu Hause waren. Ständig gab es irgendwelche Artikel, die sie schreiben, Besprechungen, auf die sie sich vorbereiten und Konferenzen, an denen sie teilnehmen mussten. Mit anderen Worten: Er konnte jeden Tag, wenn er von der Schule nach Hause kam, nach Lust und Laune zocken – und genau das machte er auch. Mads konnte sich nicht erinnern, wann sie zum letzten Mal alle drei gemeinsam zu Abend gegessen hatten – aber ausgerechnet heute, wo er das Schreiben von der Schule mitbekommen hatte, war es natürlich mal wieder so weit. Typisch.

In dem Game, das er zurzeit spielte, musste man mit einem Heer seine Feinde bekämpfen. Das Heer wurde angeführt von einem Helden, den man auf gar keinen Fall verlieren durfte. Nur so konnte man das Spiel gewinnen. Wenn der Held starb, dauerte es so lange, ihn wiederzubeleben, dass man dem Gegner bis dahin hoffnungslos unterlegen war.

Das Spiel war nicht mehr neu. Mads spielte es schon seit Monaten und fand es langsam etwas langweilig. Sein Held war auf dem höchsten Level, Mads kannte jeden winzigsten Winkel in jeder Szene, und es würde noch lange dauern, bis die nächste Erweiterung auf den Markt kam. Höchste Zeit also, sich etwas Neues zu suchen, und so surfte er den Rest des Abends im Internet. Als er kein neues, gutes, großes Spiel gefunden hatte, war Plan B angesagt: *BoomBoom*. Ein Laden in der Innenstadt, An- und Verkauf von gebrauchten Spielen. Vielleicht hatte er ja Glück und fand etwas, das er vor so langer Zeit mal durchgespielt hatte, dass er sich durchaus noch mal ein paar Stunden damit beschäftigen konnte. Natürlich könnte er auch einfach eines der vielen gecrackten Games herunterladen, aber er liebte den Laden in der Stadt. Die Atmosphäre dort, den Geruch, die Geräusche. Außerdem kannte er fast alle, die da arbeiteten. *BoomBoom* war eine Schatzkammer für Computerspiele. Mads brachte alle Spiele, mit denen er durch war, dorthin. Mann, Mann, Mann, wenn er alle Games, die er in den letzten zwei Jahren gekauft hatte, behalten hätte! Dann wäre sein Zimmer bis unter die Decke vollgestopft mit den dazugehörigen Hüllen.

Morgen nach der Schule würde er zu *BoomBoom* gehen.

5 Karloff

Das Erste, was Mads am nächsten Morgen sah, war das Blatt Papier auf der Heizung, und damit war der Tag schon gleich verdorben. Der Brief war jetzt trocken, aber auch irgendwie steif und gewellt. Da konnte man nichts machen. War ja auch nicht weiter tragisch. Er las ihn noch einmal durch. Insbesondere den einen Satz: *Wir möchten deshalb vorschlagen, dass Sie mit Mads über seine Einstellung zur Schule reden, damit wir ihm gemeinsam bei einer Kurskorrektur helfen können.* Was für ein Mist. Nur, weil die Lehrer nicht kapierten, dass er auch mit Kopfhörern in den Ohren schreiben konnte. Genau genommen konnte er nur dann nicht schreiben, wenn er *keinen* Hardstyle hörte. Aber das würde er ihnen nie verklickern können. Man könnte meinen, die seien aus dem Mittelalter ... oder sogar aus der Steinzeit.

Zwar hatte der Rektor den Brief unterschrieben, aber verfasst hatte ihn ganz klar Frau Holst. Da stand nämlich auch, dass Mads keine Ordnung hielt, dass er sich nie auf den Unterricht vorbereitete, dass er nur selten die Hausaufgaben abgab und dass er so gut wie nie zuhörte. Aber das war gelogen – das mit dem Zuhören. Er hörte sehr wohl zu. Der Rest stimmte schon. Wenn er ganz ehrlich sein sollte. Aber sollte er ja nicht. Jedenfalls nicht seinen Eltern gegenüber. Die redeten immer davon, dass er eine gute Ausbildung bekommen sollte – dass sie sich freuen würden, wenn auch er Medizin studierte –, aber Zeit, ihm bei den Hausaufgaben zu helfen, hatten sie so gut wie nie. Ja gut, sie setzten sich mit ihm hin, wenn er sie darum bat, aber sie waren immer so furchtbar ungeduldig und rasend schnell genervt, wenn er zum Beispiel nicht sofort wusste, wie man das Volumen eines Quaders berechnete oder den Umfang eines Kreises.

»Das müsste man in deinem Alter aber eigentlich wissen«, sagte sein Vater dann schon mal.

»Die anderen wissen das auch nicht«, verteidigte sich Mads.

»Mich interessiert nicht, was die anderen können und was nicht. Man sollte sich niemals mit den Schlechteren vergleichen.«

Ach. Nein? Sollte man also sein Leben lang versuchen, besser als die Besten zu werden? Warum? Was sollte das bringen? Mads wusste bereits, dass er so nicht leben wollte. Das konnte er einfach nicht ertragen.

Mads war gerade dabei, sein Fahrrad vor der Schule abzuschließen, als noch ein Fahrrad gleich neben ihm ankam. Aus dem Augenwinkel sah er lange blonde Haare. Er drehte sich zu dem Mädchen um, das im selben Augenblick etwas zu ihm sagte. Er nahm die Kopfhörer aus den Ohren und fragte: »Was?«

»Ich habe bloß guten Morgen gesagt, Mads.«

»Hey«, murmelte er. Caroline machte ihn immer ganz nervös. Auch, wenn sie gar nichts sagte oder tat. Wenn sie ihn ansah, wurde er immer total unbeholfen. Fummelte an etwas herum oder stolperte sogar. Sie sah gut aus und hätte ohne Weiteres das beliebteste Mädchen der Klasse sein und immer im Mittelpunkt stehen können, wenn sie nicht so anders gewesen wäre. Sie zog sich ganz anders an als die anderen Mädchen. Sie nähte viele ihrer Klamotten selbst. Und sie mochte weite, flatternde Sachen. Im Gegensatz zu den aufgetakelten Poptussis in ihrer Klasse.

»Ist doch mal wieder typisch, dass es ausgerechnet heute so windig sein muss, oder?«, sagte Caroline.

»Äh, ja«, entgegnete Mads. Strahlend lächelte sie ihn an. Dieses Lächeln konnte einen alles andere vergessen lassen, wenn man sich davon bezirzen ließ. Schnell sah er woanders hin. Caroline kam normalerweise nicht mit dem Fahrrad. Wahrscheinlich beklagte sie sich deshalb über den starken Wind.

»Hast du ein neues Fahrrad?«, fragte Mads.

»Nee, ist total alt. Mein Vater hat's bloß auf Hochglanz poliert.«

Mads betrachtete seinen eigenen Drahtesel, der nur noch von Rost zusammengehalten wurde. Dabei war das Ding erst drei Jahre alt. Er zuckte die Achseln und ging zu einigen seiner Klassenkameraden, die in einer Ecke des Schulhofs standen. Sie redeten über Fußball. Mads seufzte innerlich. Diese Fußball-Nerds. Gab es überhaupt etwas, das anstrengender war? Wieso spielten sie eigentlich nicht? Sie spielten doch sonst immer schon morgens im Schulhof? Wussten sie etwas, das Mads nicht wusste?

»Sagt mal, was ist denn bloß mit Liverpool los?« Steffen spuckte einmal kräftig aus. »Erst gewinnen sie nach 'nem total verrückten Spiel gegen Man U – und fünf Tage später lassen sie sich von Blackburn fertigmachen. Da stimmt doch hinten und vorne was nicht.«

Die anderen nickten und spuckten aus. Spuckten aus und nickten. Wieso mussten Fußball-Nerds eigentlich immer und überall ausspucken? Gut, dass die normalerweise sämtliche Pausen damit verbrachten, zu kicken, dachte Mads, denn wenn sie zu lange so beieinanderstanden, würde ihre Spucke bald sämtliche Keller in der Nachbarschaft überfluten.

Sie hatten gar nicht bemerkt, dass er sich zu ihnen gesellt hatte, und bemerkten nun auch nicht, dass er sich wieder entfernte. Fußball interessierte ihn nur noch, wenn er im Computer stattfand, und damit existierte Mads in ihrer Welt einfach nicht.

»Hey, Mads.«

Mads wusste, noch bevor er sich umdrehte, wer ihn da rief. Karloff. Ein riesiger Kerl mit Händen wie Baggerschaufeln. Mads sah es förmlich vor sich, wie er jemandem mit einem einfachen Händedruck die Finger brechen konnte. Seine Nase war schief, weil er sie sich mal gebrochen hatte. Er brauchte nur noch ein paar Narben auf der Wange, und schon würde er so aussehen, wie Cartoonisten einen klassischen Verbrecher zeichneten. Er hieß Karl, wurde aber nur Karloff genannt. So hieß wohl der Schauspieler, der in irgendwelchen uralten Schwarz-Weiß-Filmen Frankensteins Monster gespielt hatte. Aber wer Karl diesen Spitznamen verpasst hatte, wusste Mads nicht. Manche sagten, Karloff selbst habe ihn eingeführt, aber erinnern konnte sich keiner. Jedenfalls tat er, was er konnte, um dem Namen alle Ehre zu machen. In der Grundschule war er immer als Frankensteins Monster zum Karneval gegangen. Weil er sich dafür am allerwenigsten verkleiden musste, wie er immer sagte.

Einmal hatte die Polizei Karloff während des Unterrichts von der Schule abgeholt, und ein, zwei Mal war sie auch bei ihm zu Hause aufgekreuzt. Sein Vater saß wegen bewaffneten Raubüberfalls im Gefängnis und es sah ganz so aus, als würde Karloff ihm dort bald Gesellschaft leisten. Dann musste Karloffs Mutter sich nur noch beim Ladendiebstahl erwischen lassen und sie konnten zusammen in einer Zelle vor der Glotze sitzen und wie eine ganz normale Familie samstags abends eine Castingshow nach der anderen gucken. Solange keiner von ihnen aus dem Fenster schaute, würde auch keiner die Gitter davor bemerken.

Mads nickte Karloff nur kurz zu. Der deutete mit Zeige- und Mittelfinger der rechten Hand erst auf seine eigenen Augen und danach mit dem Zeigefinger auf Mads. Ja, er behielt Mads im Auge. Genau wie alle anderen auf dem Schulhof der Mittelstufe. Das, wonach er Ausschau hielt, waren Schwächen. Kleine Risse, in die er sein Brecheisen rammen konnte, um dann diesen rissigen Menschen komplett aufbrechen und fertigmachen zu können. Wehe dem, den Karloff erst mal auf dem Kieker hatte. Mads hatte bisher zum Glück noch nie Probleme mit Karloff gehabt. Ein paar Schläge auf die Oberarme hatte er ab und zu von ihm bekommen, aber da war er nicht der Einzige, das war gar nicht der Rede wert.

Es klingelte. Alles drängte in Richtung Türen.

6 Keine Peilung

Frau Holst hatte ihre Jacke an, als sie in die Klasse kamen, und sah ganz so aus, als habe sie irgendetwas außerhalb des Klassenzimmers vor.

»Habt ihr alle an eure Fahrräder gedacht?«, fragte sie.

Allgemeines Nicken.

»Und an eure Helme?«

»Ja«, sagten zwei. Asger und Josefine. Die Oberstreber. Die den ganzen Tag nichts Besseres zu tun hatten, als sich bei den Lehrern einzuschleimen.

Mads sagte nichts. Er fuhr nie mit Helm.

»Was ist mit dir, Karl?« Frau Holst sah Karloff an.

»Eingebaut«, brummte er und klopfte sich mit den Fingerknöcheln so fest auf den Kopf, dass man es in der ganzen Klasse hören konnte. Frau Holst seufzte resigniert.

Mads hatte überhaupt keine Peilung. Keine Ahnung, was anstand. Da hatte er wohl etwas nicht mitbekommen, aber sein Fahrrad hatte er ja dabei, von daher war soweit alles im grünen Bereich.

»Gut, dann wollen wir mal«, verkündete Frau Holst energisch und klatschte zweimal in die Hände. Sie war nicht nur ihre Dänisch-, sondern auch ihre Sportlehrerin und ein totaler Sportfreak. Sie lief Marathon, betrieb Triathlon und fuhr manchmal Hunderte Kilometer Rad. Vor ein paar Jahren, bevor sie Kinder bekommen hatte, war sie in den Sommerferien mit ihrem Freund bis nach Paris geradelt. Komplett durchgeknallt, oder? Inzwischen waren die beiden wohl auch nicht mehr zusammen.

In einem großen Pulk gingen sie runter zu ihren Fahrrädern.

Jemand schubste Mads leicht von hinten. Er drehte sich um. Lasse. Auch ein Gamer. Längst nicht in derselben Liga wie Mads, aber er kannte auch ziemlich viele Spiele und war der Klassenkamerad, mit dem Mads eigentlich am meisten redete. Lasse hatte das Glück, an Asthma zu leiden. Jedes Mal, wenn irgendein Lehrer oder seine Eltern auch nur die allerwinzigste Andeutung machten, dass er sich mal ein bisschen mehr bewegen sollte, wedelte Lasse nur kurz mit seinem Asthma-Spray und brachte so alle zum Schweigen. Mads war sich gar nicht sicher, ob Lasse wirklich Asthma hatte. Vielleicht war er auch einfach nur verdammt clever.

Lasse hatte eine Videokamera, mit der hatten sie schon viele kleine Filme aufgenommen. Sie hatten herausgefunden, wie man die Filme rückwärts speichern konnte, deshalb gab es ziemlich viele Clips von ihnen beiden, in denen es so aussah, als würden sie rückwärts auf ein Trampolin springen, Bälle fangen, die wie aus dem Nichts zu ihnen aufflogen, oder sich steif wie ein Brett aus dem Liegen vom Trampolin erheben. Sie hatten die Filme bei YouTube hochgeladen, auf den besten war schon über zwanzigtausendmal zugegriffen worden.

»Heute Abend LAN-Party bei mir«, sagte Lasse. »Wenn du kommst, sind wir sechs.«

»Okay.«

»Dann können wir drei gegen drei spielen.«

»Ich komme.«

»Nice«, sagte Lasse und wollte sich abwenden.

»Warte mal.« Mads zupfte Lasse an der Jacke und flüsterte: »Wo fahren wir hin?«

»Wann?«

»Na, jetzt.«

»Ins Theater«, antwortete Lasse.

»*What*?«

»Vergessen?«

»Total.«

Lasse lachte. »Das auch.«

Mads tat, als hätte er das nicht gehört. »Und was gucken wir uns an?«

»Irgend so ein Problemstück über Jugendliche.«

»Oah, nee«, seufzte Mads.

»Find ich auch«, sagte Lasse.

Natürlich hatten sie auf der gesamten Strecke Gegenwind, und zwar so kräftigen, dass es keinen Spaß mehr machte.

Frau Holst fuhr voraus und gab ein ordentliches Tempo vor, sodass der gesamte Konvoi sich ganz schön in die Länge zog. Mads, Karloff und Caroline waren die Schlusslichter, sie mussten sich mächtig anstrengen, um nicht völlig den Anschluss zu verlieren. Karloffs Fahrrad knirschte und klapperte an allen Ecken und Enden, als würde es jeden Moment zusammenbrechen. Karloff selbst klang auch nicht viel besser. Er war einfach nicht geschaffen für diese Art körperlicher Aktivität.

Er war dafür geschaffen, auf dem Schulhof zu stehen und Ohrfeigen zu verteilen.

Mads' Fahrrad war auch nicht gerade das beste. Die Kette war rostig und ziemlich ausgeleiert, außerdem funktionierten nicht alle sieben Gänge und die Reifen konnten gut etwas mehr Luft vertragen. Carolines Fahrrad dagegen lief wie geschmiert und funkelte. Trotzdem konnte sie bei dem Tempo nicht mithalten. Ihre Klamotten flatterten im Wind und bremsten sie, außerdem war sie recht zierlich und nicht daran gewöhnt, Fahrrad zu fahren.

Als Mads mal hinter den beiden fuhr, betrachtete er ihre Beine: dünne Streichhölzer da, fette Telefonmasten dort. Beides zum Fahrradfahren eher ungeeignet.

»Boah, wie armselig«, brummte Mads vor sich hin. Aber das Armseligste war, dass er selbst kaum mithalten konnte. Selbst Lasse, der blöde Asthmatiker, fuhr noch irgendwo vor ihm. Und auch die beiden Puderdosen – Anna und Clara genannt – strampelten im Hauptfeld mit. Die beiden verwendeten zusammen genommen so viel Schminke, dass die Hälfte der Parfümerien in der Innenstadt Pleite gehen würde, wenn die beiden plötzlich aufhörten, sich anzumalen. Anna und Clara mussten bestimmt höllisch aufpassen, dass ihnen bei dem Sturm nicht die Masken vom Gesicht flogen. Mads sah es bildlich vor sich: Zwei Mädchengesichter, die neben dem Fahrradweg in den Rabatten lagen und deren ellenlange falsche Wimpern sich wie das Gras im Wind bogen.

William fiel immer weiter zurück, was Mads überraschte, weil er sich doch in letzter Zeit zu so einem Fitnessfreak entwickelt hatte. Jeden Tag war er im Fitnesscenter, stemmte

Gewichte, joggte auf dem Laufband oder was man sonst so da machte. Besonders groß war er nicht, aber dafür stark. Trotzdem hatte er noch nie versucht, Karloff herauszufordern. Er war ja nicht doof. Er wusste, dass man dazu mehr als nur Muskelkraft brauchte. Dazu brauchte man auch eine ziemlich stabile Psyche und die hatte er nicht. Im Gegensatz zu Karloff. In der fünften Klasse war Karloff mal in eine Rauferei mit einem aus der Neunten geraten. Karloff hatte eigentlich überhaupt keine Chance gehabt, aber er gab nicht auf. Jedes Mal, wenn er mit dem Rücken auf dem Boden lag und ihm bereits das Blut aus der gebrochenen Nase lief und alle dachten: »Bleib liegen, Karloff, bleib einfach liegen«, war er wieder aufgestanden und zu einem neuen Angriff übergegangen.

»Frau Holst hat gesagt, ich soll euch mal ein bisschen anschieben.« William lächelte unbekümmert.

»Du behältst deine Flossen schön bei dir«, knurrte Karloff.

»Aber wir sind doch schon so spät dran. Komm, ich schieb nur mal kurz …«

»Verpiss dich«, rief Karloff.

William trat ein paarmal fest in die Pedale und schon war er ihnen wieder weit voraus. Wie machte der das bloß? Mads fluchte und strampelte weiter, während er überlegte, ob das alles vielleicht bloß ein schlechter Traum war. Wenn ja, dann wollte er jetzt gerne möglichst bald aufwachen.

Als die Nachzügler das Theater erreichten, waren die anderen schon längst drin. Frau Holst stand an der Tür, die Hände in die Seiten gestemmt.

»Ja, nun macht schon, los!«, rief sie.

»Sind wir hier beim Militär, oder was?«, brummte Mads.

»Nun seht schon zu, dass ihr reinkommt«, knurrte sie mit versteinerter Miene und zusammengekniffenen Augen. So ein Gesicht machte sie nie, wenn sie mit den Strebern redete.

7 Die Toten

Das Theaterstück war Mads ein einziges schwarzes, düsteres Rätsel. Er hatte wirklich versucht, der Sache zu folgen, dann aber doch relativ bald aufgegeben. Den Rest der Zeit hatte er nur dagesessen und sich mit dem Gedanken getröstet, dass sie auf dem Rückweg zur Schule zumindest Rückenwind haben würden.

Als sie den Saal verließen, konnte Mads den anderen ansehen, dass auch sie nicht sonderlich viel kapiert hatten. Außer den Strebern natürlich. Schon auf dem Weg zu den Fahrrädern tauschten sie sich rege darüber aus, was für eine tolle Aufführung das gewesen sei, und so, wie Mads sie kannte, würden sie den ganzen Weg zur Schule weiterfachsimpeln. Sie würden dafür sorgen, direkt hinter Frau Holst zu fahren und gerade so laut zu reden, dass sie alle ihre klugen Kommentare hören konnte.

»Scheiß Theater. Könnse abreißen«, murmelte Karloff, als sie wieder auf den Rädern saßen.

»Warum?«, wollte Caroline wissen.

»Also, ich hab auch kein Stück gecheckt«, sagte Mads. »Wieso waren die auf einmal im Totenreich?«

»Na, weil sie einen Unfall gehabt hatten«, sagte Caroline.

»Ja, aber beim zweiten Mal? Zwischendurch waren sie doch wieder auf der Erde.«

»Echt?« Karloff wirkte überrascht.

Sie erreichten die Hauptstraße. Der Wind hatte sich gedreht.

»Och, nee! Das schaffe ich nicht!«, keuchte Caroline und wurde so langsam, dass das Fahrrad schlingerte. »Ihr müsst mich anschieben.«

»Weg da«, knurrte Karloff Mads an und legte Caroline eine seiner Pranken auf den Rücken. Er schubste sie etwas zu heftig an. Sie schlingerte noch mehr als vorher und war kurz davor, zu stürzen. Sie schrie auf, bremste und sprang vom Rad.

»Du Arsch!«, kreischte sie.

»Ja, ab…« Karloff machte ein erstauntes Gesicht. Dann trat er in die Pedale, dass es nur so knirschte, und ließ die beiden anderen hinter sich.

Mads sah Caroline an. Weinte sie? »Fuck«, knurrte er.

»Du musst halt ein bisschen kräftiger treten«, sagte er.

»Ich kann nicht«, schniefte sie.

»Na, komm. Ich schiebe dich vorsichtig an.« Er legte ihr die Hand auf den Rücken. Durch ihre flatternden Klamotten hindurch spürte er ihre Wirbelsäule. Fühlte sich an wie eine Perlenkette.

Dann trat er kräftig in die Pedale.

8 Der Aufsatz

Mads strampelte wie verrückt und schob Caroline die ganze Zeit mit an. Zwanzig Minuten später als die anderen kamen sie an der Schule an, völlig außer Atem schleppten sie sich direkt in die Klasse, wo Frau Holst sie bereits erwartete. Quicklebendig, als hätte sie auf dem Fahrrad keinerlei Energie verbraucht, sondern welche getankt. Wie ein nasser Sack ließ sich Mads auf seinen Stuhl plumpsen.

»War das nicht ein ganz, ganz tolles Stück?«, fragte Frau Holst und machte ein völlig entrücktes Gesicht.

Die Streberleichen stimmten in ihren Jubel ein.

»Aber natürlich sehen wir uns so ein Stück nicht einfach nur zum Vergnügen an. Es hat ja etwas mit unserem Unterricht zu tun. Eigentlich passt es wirklich perfekt zu unserem derzeitigen Thema, stimmt's, Mads?«

»Jo!«, antwortete Mads, ohne zu zögern.

»Unser Thema heißt nämlich?«

Mads stockte. Sie hatten doch über so viele verschiedene Sachen geredet, fand er. Die Streber kugelten sich fast die Arme aus den Schultern, so eifrig meldeten sie sich. Frau Holst stand da, die Hände in die Seiten gestemmt, und sah Mads an. Er war ohnehin schon verschwitzt, jetzt wurde es noch schlimmer. Frau Holst gab auf und wandte sich den Strebern zu.

»Ja?« Frau Holst zeigte auf einen von ihnen.

Im Chor antworteten die beiden: »Glück.«

Frau Holst nickte, lächelte und fuhr dann fort: »Ihr habt jetzt eine Woche Zeit, einen Aufsatz zu schreiben. Und zwar eine Kritik zu dem Stück, das wir gerade gesehen haben, wobei ihr euch auf das Thema ›Glück‹ konzentriert, ja? Am zwanzigsten will ich alle Aufsätze hier auf meinem Tisch haben.« Sie schlug mit der flachen Hand aufs Pult.

Die Klasse protestierte.

»Wir brauchen mehr als eine Woche«, meinte Malene.

»Die meisten von euch setzen sich doch sowieso erst am Abend vor der Abgabe hin und schreiben«, hielt Frau Holst dagegen.

»Stimmt überhaupt nicht«, beschwerten sich einige der Mädchen.

»Na gut, dann eben bis Montag, den dreiundzwanzigsten. Dann habt ihr zwei Wochenenden Zeit.«

Der Abgabetermin war Mads' geringstes Problem. Er gehörte nämlich zu denen, die sich immer erst am Abend vorher hinsetzten. Sein Problem war das Thema. Er sollte eine Kritik über den Blödsinn schreiben? Er hatte doch absolut null gecheckt. Er fasste sich an den Kopf. Er hatte sich gerade erst fest vorgenommen, beim nächsten Mal den besten Aufsatz seines Lebens zu schreiben – und jetzt wurde ihm schon, bevor er auch nur eine Silbe geschrieben hatte, ganz mulmig. Das konnte doch gar nichts werden. Dabei hatte er geglaubt, schlimmer könnte es nicht mehr werden! Ha! Ganz schön blöd von ihm. Es konnte immer noch schlimmer werden. Immer.

»Das hier«, übertönte Frau Holst das allgemeine unzufriedene Gemurmel, »ist ein kleines Faltblatt vom Theater, in dem etwas über den Hintergrund des Theaters und die dortigen Aufführungen steht. Ist für jeden eins da, also greift zu, die beißen nicht!«

Sie legte den Stapel aufs Pult und stellte sich selbst daneben und passte auf, dass sich jeder eins nahm. Mads steckte es in die Tasche und ging dann schnell raus. Er fühlte sich wie ein Schiffbrüchiger auf dem Meer, der nicht einmal mehr die Kraft hatte, die letzten Schwimmzüge zum nur wenige Meter entfernten Strand zu machen. Gott sei Dank trugen ihn die Wellen das letzte Stück, bis er endlich festen Boden unter den Füßen hatte. Den festen Boden der tropischen Trauminsel namens Wochenende.

Bei *BoomBoom* war die Hölle los. Es hatte sich herumgesprochen, dass man hier gut seine gebrauchten Spiele loswerden und neue entdecken konnte. Mads ging zum Tresen und begrüßte Kalle Klick. Kalle Klick war ein Mann mit Vollbart und ziemlich wilder Frisur. Ein totaler Nerd.

»Alles klar?«, fragte Kalle Klick.

»Klar«, antwortete Mads.

»Cool.«

Mads machte sich daran, einige der Kartons durchzusehen. Plötzlich war er überhaupt nicht mehr müde. Wenn er in diesem Laden stand, fühlte er sich wie ein iPod, der aufgeladen wurde. Neue Power durchströmte ihn. Ob es in der Feinelektronik eines iPods wohl genauso herrlich kribbelte wie jetzt in seinem Körper? Mads lächelte vor sich hin und fand im selben Moment ein altes Spiel, das er früher sehr gemocht hatte. Ein

Piratenspiel, in dem man mit seinen Schiffen auf den sieben Weltmeeren herumfuhr und andere Schiffe und Burgen eroberte. Sollte er das mitnehmen? Nein. Er konnte sich noch an jedes Detail erinnern. Seine Eltern würden ganz schön staunen, wenn sie wüssten, an wie viele Details der Spiele, die er mal gespielt hatte, er sich noch erinnern konnte. Die glaubten nämlich, dass seine Festplatte einen gravierenden Systemfehler hatte.

Er ließ das Piratenspiel wieder in die Kiste fallen und wühlte weiter. Immer wieder zog er eine Hülle raus, beschloss dann aber jedes Mal, dass das Game für ihn ausgespielt war. Im Handumdrehen hatte er die Kiste durchforstet, zum Schluss seufzte er tief vor Enttäuschung.

Er wollte gerade gehen, als er eine CD entdeckte, die halb unter dem Regal auf dem Boden lag. Er hob sie auf und runzelte die Stirn. »ALLES« stand da in Großbuchstaben drauf, und darunter waren ein paar lächelnde Menschen abgebildet. Komischer Name für ein Spiel. Er sah sich nach der Hülle um, konnte sie aber nicht finden. Mads nahm die CD mit zum Tresen und legte sie Kalle Klick hin.

»Die habe ich da auf dem Boden gefunden. Ohne Hülle.«

»Aha. Na, so was.« Kalle nahm die Scheibe zur Hand und betrachtete sie. »Hmm. *Alles*. Noch nie gehört. Du?«

Mads schüttelte den Kopf.

»Die hat gar keinen Strichcode, ich kann sie also nicht mal scannen. Ich guck mal eben im Netz.« Er wandte sich seinem Bildschirm zu und startete eine Suche. »Nee. Da ist auch nichts.«

»Seltsam«, murmelte Mads.

»Vielleicht selbst gebrannt. Nimm sie halt mit.« Kalle Klick reichte sie ihm. »Du bist einer unserer besten Kunden. Schenk ich dir.«

»Danke.«

»Du bringst sie ja sicher zurück, wenn du keine Lust mehr auf das Spiel hast. Dann kannst du uns erzählen, wie's war. Warte. Ich geb' dir eine kleine Plastikhülle, damit sie keine Kratzer kriegt.«

Mads steckte die CD in die Schultasche, bedankte sich noch einmal und ging. Niedergeschlagen und matt. *Alles?* Das hatte bestimmt seine Gründe, dass weder Kalle Klick noch er je von diesem Game gehört hatten. Und wenn man selbst im Internet keine Informationen darüber fand, konnte es eigentlich nur Schrott sein. Er steckte sich die Kopfhörer in die Ohren, schaltete den iPod ein und passte seinen Laufrhythmus schnell dem Beat der Musik an.

9 Seltsam verdreht

Mads wollte mit der Bahn nach Hause fahren – vom Radfahren hatte er heute definitiv genug – und ging deshalb Richtung Bahnhof. In der Innenstadt war viel los, man merkte, dass es Freitagnachmittag war. Er sah Anna und Clara aus einem Klamottengeschäft kommen. Sie hatten große Einkaufstüten bei sich, lachten und kicherten und verschwanden direkt in den nächsten Laden. Wenn in einer Stunde die Welt unterginge, würden es die beiden wohl gar nicht mitkriegen. Hauptsache, die Geschäfte waren bis zum letzten Moment geöffnet. Die beiden hatten immer nagelneue, topmodische Klamotten an. Wie konnten die sich das bloß leisten? Besonders reiche Eltern hatten sie auch nicht, soweit Mads wusste. Vielleicht jobbten sie ja.

Mads ging weiter und beobachtete die Leute um sich herum. Eine junge Frau kam mit einem Kinderwagen auf ihn zu. Ein altes Ehepaar saß auf einer Bank und ruhte sich aus. Der Mann hatte einen Stock und trug einen flachen Hut, die Frau hatte ganz dicke Beine, die in viel zu kleinen Schuhen steckten. Der Mann tätschelte der Frau die Hand und lächelte sie an. Sie lächelte zurück. Mads überholte einen Typen, den er auf Anfang zwanzig schätzte. Er trug einen langen, dunklen Mantel und simste im Gehen. Er war völlig in sein Handy vertieft.

Mads blieb bei der kleinen arabischen Imbissbude stehen, die die absolut besten Shawarmas der Stadt machte. Auf
einmal bemerkte Mads, dass er einen Bärenhunger hatte. Er
nahm die Kopfhörer aus den Ohren und holte sein Kleingeld
aus der Hosentasche. Für ein Shawarma würde es reichen.
Doch dann überlegte er es sich anders und ging weiter. Er war
zu geizig. Schließlich konnte er sich, wenn er nach Hause kam,
eine Kleinigkeit machen. Toast mit Käse oder Schinken drauf.
Oder beidem. Das kostete ihn gar nichts.

Er stopfte die Kopfhörer in die Tasche und marschierte
weiter Richtung Bahnhof. Am Ende der Fußgängerzone blieb
er an der roten Ampel stehen. Der in sein Handy vertiefte Typ
mit dem Mantel, der Mads kurz vorher aufgefallen war, tapp-
te, ohne nach rechts und links zu gucken, auf die Straße. Man
hörte einen dumpfen Schlag, als ein schwarzes Auto ihn erfass-
te und hoch in die Luft schleuderte. Regungslos stand Mads
da und sah dem Körper nach, der bereits da oben, zwei Meter
über dem Boden, leblos und schlaff wirkte. Dann landete er
zehn Meter von Mads entfernt auf dem Asphalt. Menschen
schrien, Autos bremsten. Plötzlich herrschte Chaos.

Mads blieb stehen. Er war wie gelähmt. Das Herz schlug
ihm bis in den Hals. Irgendjemand rannte zu dem Typen, der
leblos und seltsam verdreht dalag. Ganz kurz konnte Mads
sein Gesicht sehen. Er hatte die Augen geschlossen und sah
aus, als würde er schlafen. Bis ihm ganz langsam eine dunkel-
rote Soße aus den Haaren über die Stirn lief.

Ein älterer Mann kümmerte sich um ihn. Fühlte seinen
Puls oder so. Dann richtete er sich auf und sah sich um. Sah die
an, die am nächsten standen, und sagte: »Er ist tot.« Mads hör-

te es ganz deutlich. Als wären alle anderen Geräusche auf der Welt verstummt in dem Moment, in dem der Mann diese drei Worte sagte. »Er ist tot.« Dann kamen die Geräusche zurück. Irgendwo in der Ferne hörte man die Sirenen eines Rettungswagens. Jemand schubste Mads leicht von hinten, das riss ihn aus seiner Schockstarre. Er setzte einen Fuß vor den anderen. Und noch einen Fuß vor den anderen. Völlig mechanisch. So überquerte er die Straße. Als er den Bahnhof erreichte, hatte er keine Ahnung, wie er dorthin gekommen war.

10 Das Blut eines Toten

So schnell konnte das also gehen. Eben noch quicklebendig und am Simsen und eine Sekunde später mausetot. Der Typ hatte sich von niemandem verabschieden können. Nicht einmal von sich selbst. Oder vom Leben. Im Prinzip wusste Mads das ja genau. Dass das Leben jederzeit vorbei sein konnte. Nur war das nichts, worüber er täglich nachdachte. Das konnte man ja auch gar nicht. Sonst könnte man nicht mehr leben.

Seine Eltern waren dran gewöhnt. An den Tod. Die sahen doch jeden oder zumindest jeden zweiten Tag eine Leiche. Aber das war beruflich. Und irgendwie konnten sie das wohl trennen. Die Leichen im Krankenhaus von ihrem eigenen Leben. Mads konnte das nicht trennen. Er hatte zum ersten Mal einen Toten gesehen. Seine Beine zitterten. Heftiger als neulich, als er völlig durchnässt nach Hause gekommen war. Auch heute legte er sich wieder in die Badewanne, aber dieses Mal half das nicht, weil die Kälte von innen kam. Als er nach zwanzig Minuten aus der Wanne stieg, zitterten seine Beine immer noch ein bisschen.

Ständig musste er daran denken, wem der Typ wohl gerade gesimst hatte. Seiner Freundin? Seinen Eltern? Einem Kumpel? Das musste doch furchtbar sein, zu wissen, dass man irgendwie mit schuld war am Tod seines Freundes, Sohnes oder Kumpels. Nein, man war nicht mit schuld, wenn einer, der einem gerade simste, mittendrin ums Leben kam. Man konnte doch gar nicht wissen, wo der andere gerade war, in welcher Situation. Trotzdem gab es ganz bestimmt irgendwo jemanden, der sich jetzt furchtbare Vorwürfe machte.

Mads war allein zu Hause. Es war kurz vor sechs und er hatte immer noch Hunger, aber keinen Appetit. Merkwürdiges Gefühl. Warum waren seine Eltern denn noch nicht da? Normalerweise hatte er kein Problem damit, allein zu Hause zu sein, aber heute war das anders.

Mads bekam eine SMS. Von seiner Mutter. Sie schrieb, dass sie gerade Feierabend gemacht hatte und auf dem Nachhauseweg noch einkaufen wollte.

»Wo ist Ole?«, simste er zurück.

»In einer Besprechung«, antwortete sie.

Mads ging in sein Zimmer. Die Schultasche hatte er auf den Boden geschmissen. Er trat einmal dagegen und musste an das bescheuerte Theaterstück denken, über das er einen Aufsatz schreiben sollte. Warum hatte das denn nicht vom Leben handeln können? Was war denn bloß los mit der Welt? Überall, wo er hinguckte, ging es um den Tod. Mann, wie ihn das ankotzte. Zum Glück wusste er, wie er diese Gedanken loswerden konnte. Er steckte sich die Kopfhörer in die Ohren, drehte die Musik auf und ließ sich vom Hardstylebeat die trüben Gedanken aus dem Kopf hämmern. Gleichzeitig setzte er sich vor den Computer. Konnte ja nicht schaden, wenn er sich schon mal ein bisschen aufwärmte, bevor er zum LAN zu Lasse ging. Schließlich hatte er einen Ruf zu verlieren. Den Ruf des mit Abstand besten Spielers.

Mads hatte das Spiel gerade gestartet, als ihm einfiel, dass das vielleicht nicht die beste Beschäftigung war, wenn man sich vom Tod ablenken wollte. Seine Spielfigur war ein großer Steinmann mit einer riesigen Axt und einem Schild. Ziel des Spiels war es, so viele Feinde wie irgend möglich abzuschlachten. Früher hatte ihm das nie etwas ausgemacht, aber jetzt wurde ihm schlagartig schlecht und er beendete das Spiel ganz schnell wieder.

Er starrte auf den Bildschirm. Der Sekundenzeiger der Uhr in der oberen rechten Ecke drehte sich mehrfach ganz herum, bis Mads wieder die CD von *BoomBoom* einfiel. Wo hatte er die noch mal gelassen? Er schnappte sich seine Schultasche, holte die CD raus und installierte *Alles*. Das dauerte ungefähr fünf Minuten. Schlechtes Zeichen. Dann war es ein ganz kleines Spiel. Mit unglaublich schlechter Grafik. Mads doppelklickte auf das Icon, das jetzt neben allen anderen Icons auf dem Bildschirm zu sehen war. Eine kleine Dialogbox mit dem Text »Downloading position« öffnete sich. Dann erschien eine grobe Weltkarte mit einem kleinen blinkenden Kreuz über Dänemark. Dann ein neuer Text: »Bitte haben Sie einen Moment Geduld – sammele Daten.« Jetzt ging es also auf Dänisch weiter. Noch ein schlechtes Zeichen.

Der Download dauerte ewig. Nach zehn Minuten zeigte der Fortschrittsbalken gerade mal acht Prozent an.

»Mann«, schimpfte Mads und stand auf. Er hatte keinen Nerv, darauf zu warten, dass der Download endlich beendet war. Der Hardstyle in den Ohren war das Einzige, das ihn aufrecht hielt. Ohne die Musik wäre er jetzt zusammengebrochen. Er ging nach unten und machte sich einen Toast.

Er hatte zwar immer noch keinen Appetit, aber irgendetwas musste er ja mal essen.

Während er auf seinen Toast wartete, musste er wieder an den Toten auf der Straße denken. Er sah den Körper vor sich, wie er durch die Luft flog. Wie der lange Mantel flatterte. Wie das Blut spritzte ... Nein! Er zwang sich, an etwas anderes zu denken. Wollte gerade sein Handy aus der Tasche fischen, um seine Mutter anzurufen und zu fragen, wo sie blieb. Er sah an sich herunter und entdeckte einen roten Flecken – eigentlich eher einen Spritzer – auf seiner Hose. Direkt über dem rechten Knie. Mads versteifte sich. Er wusste sofort, was das war. Er riss sich die Hose vom Leib und kickte sie quer über den Küchenboden. Er hatte das Blut eines Toten an sich! Wie ekelhaft war das denn!? Plötzlich rührte sich was in seinem Magen, und Mads schaffte es noch gerade so bis zur Spüle, bevor er sich übergab.

Er ließ sich mit dem Rücken gegen die Küchenschränke auf den Boden sinken. Ihm war kalt, er fühlte sich ganz schwach und konnte nicht aufstehen. Er riss sich die Kopfhörer aus den Ohren und japste, jetzt allerdings nicht mehr im Rhythmus zur hämmernden Musik, die sich so gar nicht als Soundtrack für diese Situation eignete. Sein Handy brummte. SMS von Lasse.

»Hey M nehm dein hub mit meiner is kaput.«

Mads grinste. Rechtschreibung lag Lasse ungefähr genauso wenig wie Mads das Radfahren. Er wollte gerade antworten, als ihm auffiel, dass es verbrannt roch. Er sah sich um, bemerkte den Rauch und sprang auf. Der Toaster war in einer Rauchwolke verschwunden. Mads zog den Stecker raus, klappte das Gerät auf und schob den schwarzen Toast mit einem Topflöffel auf die Arbeitsfläche. Es sah aus wie ein Stück verkohltes Holz. Er schob es weiter, bis es in der Spüle und inmitten seines Erbrochenen landete.

»Nein!«, schrie Mads und drehte den Wasserhahn auf. Der Toast hörte auf zu qualmen, das Erbrochene verschwand im Abfluss. Mads warf den Toast in den Müll. Er war fix und fertig. Ausgebrannter als es jeder verkohlte Toast der Welt je sein konnte.

Die Haustür ging auf und Eva schleppte zwei große, zum Bersten gefüllte Plastiktüten herein.

»Hallo Mads! Gut, dass du da bist. Kannst du mir die hier mal eben abnehmen? Hä? Wieso hast du denn gar keine Hose an?«

»Weil … Ich war vorhin in der Stadt, und da hab ich gesehen …«

»Kleinen Moment noch, ich habe noch zwei Tüten im Auto.«

Bevor Mads etwas sagen konnte, hatte sie ihm bereits die beiden schweren Tüten in die Hand gedrückt und war wieder zur Tür hinaus verschwunden. Kurz darauf kam sie mit zwei weiteren Tüten zurück.

»Ja, ich hab's vielleicht ein klein wenig übertrieben«, lachte sie, »aber schließlich haben wir ja auch was zu feiern.«

»Was denn?«

»Eine amerikanische Fachzeitschrift für Ärzte hat einen Artikel von mir angenommen! Das *New England Journal of Medicin*! Eine der angesehensten medizinischen Fachzeitschriften der Welt! Das ist der totale Hammer!«

»Herzlichen Glückwunsch«, murmelte Mads.

»Hilfst du mir, alles einzuräumen?«, fragte sie, während sie die Jacke auszog, den Schlüsselbund an den Haken bei der Tür hängte, die Schuhe auszog und in den Spiegel sah, um ihre Frisur zu überprüfen. Alles gleichzeitig.

»Ja, okay«, antwortete Mads. »Aber ich wollte dir eigentlich gerade erzählen, was vorhin in der Stadt passiert ist.«

»Stimmt, aber als Allererstes müssen wir ein paar Sachen in die Gefriertruhe packen, bevor sie auftauen. Die hatten Tiefkühlbrötchen im Angebot, da habe ich gleich richtig zugeschlagen. Bringst du sie eben schnell runter?«

Noch bevor er antworten konnte, hatte er beide Arme voll mit Tiefkühlbrötchentüten. Er ging die Kellertreppe hinunter, ohne zu sehen, wo er hintrat. Heil unten angekommen, warf er die Tüten in die Truhe. Als er wieder in die Küche kam, war seine Mutter gerade fertig mit Einräumen. Dann fiel ihr Blick auf seine noch immer auf dem Boden liegende Hose. Sie hob sie auf.

»Hast du da Ketchup draufbekommen?«

»Nein«, sagte Mads. »Das ist … «

Da fiel sie ihm schon wieder ins Wort. »Und wieso riecht es hier eigentlich so komisch?« Tief sog sie die Luft ein. »Wie angebrannt.«

»Ja, das war ein Toast, den ich mir gemacht hatte. Ist ein bisschen schwarz geworden. Ich hab ihn weggeschmissen.«

»Also, weißt du, Mads.« Sorgenvoll sah sie ihn an. »Du bist in letzter Zeit so unglaublich zerstreut.«

Zerstreut? Das Wort hatte er schon mal gehört, aber er wusste nicht mehr genau, was es bedeutete.

»Ja«, murmelte er. »Kann sein.«

»Also, ich fange jetzt an, unser Festessen zuzubereiten. Hast du gar keinen Hunger?«

Mads schwieg.

»Was ist denn mit dir? Wirst du krank?«

Sie legte ihm die Hand auf die Stirn.

»Nein!« Er wich zurück. Weg von ihrer Hand. Weg von ihr. Er flüchtete aus der Küche und ging in sein Zimmer.

Mads holte eine Hose aus dem Schrank, zog sie an und ließ sich dann auf seinen Schreibtischstuhl plumpsen. Sein Blick fiel auf den Brief vom Rektor. Er lag immer noch auf der Heizung und bohrte sich ihm förmlich in die Augen. Tat richtig weh. Scheißbrief. Er ließ ihn links liegen und richtete den Blick auf den Bildschirm. Der Bildschirmschoner lief. Der Kopf seiner Klassenlehrerin purzelte kreuz und quer über die Mattscheibe, und das war nur deswegen auszuhalten, weil Mads ihr Draculazähne, einen Schnurrbart und dicke dunkle Augenbrauen gezeichnet hatte. Er gab der Maus einen leichten Schubs und stellte fest, dass *Alles* inzwischen komplett installiert war und gestartet werden konnte. Mads klickte auf das Icon.

11 Sternenstaub

Die Erdkugel hing mitten im schwarzen All. Mit der Maus konnte er sie drehen, wie er wollte. Er drehte sie so, dass Dänemark genau in der Mitte war. Dann zoomte er näher heran, aber da ging auf einmal ein Fenster auf, in das er das Datum und die Uhrzeit eingeben sollte. Er rümpfte die Nase. Wieso musste man das denn manuell machen? So was müsste automatisch funktionieren. Wenn das Game noch nicht mal so grundlegende Sachen konnte, war es ganz bestimmt kein besonders komplexes Spiel. Mads klickte auf die nach oben und unten weisenden Dreiecke neben den Zahlen, bis er die richtige Zeit und das richtige Datum eingestellt hatte. Dann klickte er auf »Weiter« und schon zoomte Dänemark noch näher heran. So, wie er es kannte, mit Jütland, den Inseln und den Fjorden.

Als Dänemark den gesamten Bildschirm ausfüllte, öffnete sich wieder ein Fenster. Dieses Mal forderte es Mads auf, einen Ort anzuklicken, an dem das Spiel stattfinden sollte. Er klickte auf die zweitgrößte Stadt. Die Stadt, in der er selbst wohnte. Århus wurde herangezoomt. Ein weiteres Fenster öffnete sich. Jetzt sollte Mads eine Spielfigur wählen. Zunächst ging es um Geschlecht und Alter. Mads entschied sich für *Mann, 28 Jahre*. Ein gigantisches Bildarchiv öffnete sich. Mads

begann, es durchzusehen. Ihm wurde klar, dass es sich bei
Alles nicht um irgendein selbst programmiertes Spiel handeln
konnte. Die Grafik war eins a. Die Spielfiguren sahen aus wie
echte Menschen. Wenn er sich eine aussuchte und dann mit
dem Cursor über die Figur fuhr, bewegte sie sich, und die
Animation konnte locker mit dem Allerbesten mithalten, was
er je gesehen hatte. Er zog den Stuhl näher an den Tisch. Für
welche Figur sollte er sich entscheiden? Das Game erinnerte
ihn ein wenig an *Sims*, und das passte ihm gut in den Kram.
Heute Abend hatte er nämlich keine Lust, irgendwelche Leute
umzubringen. Auch nicht virtuell.

Sein Handy brummte. SMS von Lasse: »Hey M brinst
du chibs mit.«

Mads fasste sich an den Kopf. Das hatte er ja total vergessen. LAN bei Lasse. Er würde absagen. Heute konnte er
einfach nicht dasitzen und sich darüber freuen, wie viele Leute
er getötet hatte.

Er antwortete: »Komme doch nicht, mir ist nicht gut.«

Zwei Sekunden später brummte sein Handy schon wieder.

»Mist dann sind wir nur 5 du musst kommen.«

»Kann nicht Kopfweh schwindelig kotze.«

»Hast wohl die radtuhr nich vertragen ;D.«

»Wahrscheinlich.«

»Ok finden nen andern bis dann :(.«

Mads sah auf den Bildschirm und studierte die Liste
möglicher Spielfiguren. Die war kilometerlang. Er entschied
sich nach dem Zufallsprinzip für einen blonden Mann mit
Brille. Kaum hatte er sein Bild angeklickt, zoomte das Spiel

weiter in die Stadt hinein, sauste in einen Vorort südlich von Århus, in ein Wohngebiet mit großen Mietskasernen, dann in eins der Gebäude hinein und schließlich bis in eine Wohnung, in der der blonde Mann saß und mit einer rothaarigen jungen Frau fernsah. Am rechten Bildschirmrand tauchte eine Reihe kleiner viereckiger Schaltflächen mit Icons auf. Mads fuhr mit dem Cursor darüber und erfuhr jede Menge über den Mann: seinen Namen (Morten Jensen), seinen Puls (normal), seinen gesundheitlichen Allgemeinzustand (weniger gut), sein Alter (28), seine Finanzen (schlecht), seine Laune (ausgezeichnet) und so weiter. Verliebt war er anscheinend auch.

»Der Ärmste«, murmelte Mads.

Der Mann und die Frau saßen ganz dicht beieinander und hielten Händchen. Also war das bestimmt seine Freundin. Was guckten die eigentlich? Mads bewegte den Cursor zum Fernseher. Da lief gerade *Sternenstaub*, eine neue Sendung, bei der völlig unbekannte Menschen den Moderator, das Kamerateam und damit ganz Dänemark in ihre Wohnung ließen. Innerhalb von zehn Minuten mussten sie die Zuschauer und die drei Juroren davon überzeugen, dass sie ganz besondere Menschen waren. Und zwar nicht, weil sie singen, tanzen, zaubern oder mit verbundenen Augen durch brennende Reifen springen konnten, sondern weil sie so waren, wie sie waren. Völlig natürlich und vernünftig und gleichzeitig eben etwas ganz Besonderes.

Mads sah auf die Uhr. Im echten Leben lief auch gerade *Sternenstaub*. Er schnappte sich die Fernbedienung von seinem Fernseher, der neben dem Schreibtisch an der Wand hing, und schaltete ihn ein.

»Shit!«, brach es aus ihm hervor. Er konnte es kaum glauben. Im Fernseher im Computerspiel lief gerade exakt das Gleiche wie in seinem Fernseher. Eine Nahaufnahme von einem der Juroren, dann schwang die Kamera einmal durch das Wohnzimmer, dann wurde der Moderator im schwarzen Smoking eingeblendet. Im Fernsehen und auf seinem Computerbildschirm. Im Spiel und in der Realität. Mads hatte noch nie in seinem Leben von einem Spiel gehört, das so etwas konnte. Irre!

12 Ein Lied

Mads ließ den blonden Mann aufstehen und sich die Gitarre nehmen, die ans Sofa gelehnt stand. Der Mann setzte sich auf den Tisch und fing an zu spielen und ein ruhiges Lied zu singen, das Mads bekannt vorkam. War vor zwei Jahren mal ein kleiner Hit gewesen. Irgendwas mit Lagerfeuer und Bratwürsten und Sternenhimmel. Total langweilig.

»Hey, Morten, nicht jetzt, das da ist doch noch nicht zu Ende«, sagte die Rothaarige und lehnte sich zur Seite, um den Fernseher sehen zu können.

»Ich habe jetzt aber gerade Lust, für dich zu spielen«, antwortete Morten.

»Okay, aber wir müssen doch noch sehen, wer bei *Sternenstaub* rausfliegt.«

Mads ließ Morten die Gitarre wieder weglegen und in die Küche gehen. Er beschloss, den Mann Kaffee machen zu lassen. Worum ging es bei diesem Spiel eigentlich? War das wie bei *Sims*, wo man zum Beispiel versuchen konnte, die Laune seiner Spielfigur zu verbessern? Wahrscheinlich. Man konnte nämlich auch sehen, ob die Figur Hunger oder Durst hatte oder müde war – genau wie bei *Sims*. Aber bei *Sims* passierten ständig unvorhergesehene Dinge. Wenn man die Küche nicht sauber hielt, kamen Insekten, der Herd fing Feuer oder der

Blitz schlug ins Haus ein. Solche Sachen gab es in *Alles* offenbar nicht. Ganz schön langweilig. Vor allem, wenn man sich so einen Loser als Spielfigur ausgesucht hatte.

Mads klickte mit der rechten Maustaste. In dem kleinen Menü, das sich öffnete, war »Lied komponieren« eine Option. Mads klickte sie an. Morten fing an, eine Melodie zu summen, die Mads nicht kannte, und dazu mit einem Löffel den Takt auf den Tisch zu klopfen. Mads klickte noch einmal mit der rechten Maustaste und hatte nun die Möglichkeit, einen Titel für das Lied einzugeben. In einem kurzen Anfall von Trotz schrieb er »Dying In Your Lap«, und im selben Moment kamen genau diese Worte aus Mortens Mund. Er lief ins Wohnzimmer, schnappte sich die Gitarre und fing an, zu seinem Text zu klimpern. Er schien vollkommen vertieft zu sein und überhörte sogar, dass seine Freundin protestierte. Die Worte passten perfekt zu der Melodie. Morten fielen selbst noch mehr ein. Irgendwann achtete die Frau dann doch mehr auf Morten und sein Lied als auf die Glotze.

»Hey, das klingt ja richtig gut«, sagte sie. »Jetzt musst du dir mal langsam einen Künstlernamen zulegen. Als Morten Jensen wirst du es wohl kaum zu Weltruhm bringen.«

»Hm, hast vielleicht recht.« Er spielte weiter. »Hast du denn eine Idee für einen Künstlernamen?«

Mads führte den Cursor auf Morten und drückte auf die rechte Maustaste. In den kleinen Kasten, der sich öffnete, schrieb er »Street Moe«.

»Hey!« Morten schnippte mit den Fingern. »Wie wär's mit Street Moe?«

Die Frau lachte. »Also, echt.«

»Wieso? Moe werde ich doch sowieso schon genannt.«

»Stimmt auch wieder.«

Morten spielte weiter und sang noch etwas davon, glücklich zu sterben, weil er liebte.

Scheißlied, dachte Mads und klickte sich zurück zum Hauptmenü. Er wollte heute Abend zwar niemanden töten, aber es musste doch noch andere, etwas interessantere Spielfiguren geben. Er ging wieder das Bildarchiv durch und entschied sich für einen bis zum Hals tätowierten Rocker. Nur weil man Rocker war, hieß das ja noch lange nicht, dass man Leute umbrachte.

Kaum hatte Mads die Figur angeklickt, zoomte das Spiel wieder in die Stadt hinein, bis in eine Straße. Da kam ein Motorrad, und auf dem Motorrad saß der Rocker mit der Halbglatze. Mads ließ ihn beim Rathaus anhalten, vom Motorrad steigen und auf dem Bürgersteig hin- und hergehen. War echt gut gemacht, wie die anderen Fußgänger ihm auswichen. Würden sie im echten Leben bestimmt auch machen.

Die Grafik war ultra-realistisch. Man konnte jeden beliebigen Gegenstand nehmen und zerstören. Mads ließ den Rocker so fest gegen die Glaswand einer Bushaltestelle treten, dass diese zu Bruch ging. Er ließ ihn mit ein paar abgestellten Fahrrädern um sich werfen, einen Abfalleimer von der Halterung reißen und nach einem Auto schleudern. Das Auto hielt an, zwei Typen stiegen aus. Die hatten überhaupt keine Angst vor dem Rocker, sie gingen schnurstracks auf ihn zu. Mads klickte auf ein Taschen-Icon und sah, dass der Rocker ein Messer, einen Schlagring und eine Pistole bei sich hatte. Mads klickte auf die Pistole und auf einmal zog der Rocker die

Waffe hervor und ballerte wild um sich. Mads war sich nicht sicher, ob er jemanden traf, aber die Menschen um den Rocker herum – Fußgänger und Leute, die auf den Bus warteten – schrien und gingen in Deckung. Die beiden Männer aus dem Auto ebenfalls.

Mads hatte sich ganz schön erschrocken. Er hatte überhaupt nicht vorgehabt, irgendjemanden zu erschießen, aber dann ging plötzlich alles so schnell. Nachdem er vier, fünf Mal geschossen hatte, rannte der Rocker zurück zu seinem Motorrad und wollte es gerade starten, als ein Polizeiwagen mit Blaulicht in einem Affenzahn um die Ecke bog. Mads beschloss, den Rocker fliehen zu lassen. Mit Vollgas raste er die Straße hinunter Richtung Bahnhof. An der großen Kreuzung fuhr er einfach über Rot und bog links ab. Die Polizei war direkt hinter ihm. Am Busbahnhof bog er nach rechts ab und fuhr weiter Richtung altes Schwimmbad. Sollte er ihn links abbiegen lassen, zum Hafen? Oder lieber nach rechts, zum Wald? Mads entschied sich für Letzteres. Auf der schnurgeraden Strecke mit wenig Verkehr ließ er den Rocker bis zum Anschlag Gas geben.

Eigentlich ziemlich cool, so ein Spiel, das in der eigenen Stadt spielte. Vielleicht war das genau der Punkt, der Mads doch einige Stunden für dieses Game würde begeistern können. Ob es das wohl auch für Leute vom Land gab? Wohl kaum. Man konnte ja nicht jedes Kuhdorf mit darin aufnehmen. Aber Großstädte gingen. Århus ging wie geschmiert. Der Rocker bretterte bei Rot über die nächste Kreuzung und raste immer weiter. Wäre echt cool, wenn er bis in Mads' Stadtteil fahren würde. Vielleicht konnte er den Rocker ja sogar direkt vor der Haustür absteigen lassen. Das wäre ja irre, wenn genau das Haus, in dem Mads mit seinen Eltern wohnte, auch mit in dem Spiel wäre! Mads lächelte vor sich hin und passte einen Moment nicht auf. Auf der Kreuzung beim Christian-Filtenborgs-Platz passierte es. Der Rocker war viel zu schnell, das Motorrad brach aus, er konnte nicht mehr gegenlenken und stieß frontal mit einem LKW zusammen.

Game over.

13 Festessen

Blitzschnell fuhr Mads den Computer herunter und stieß die Maus von sich, als sei sie plötzlich glühend heiß. Seine Hände fingen an zu zittern. Er sah wieder den Mann im Mantel über dem Auto schweben. Als hätte er YouTube im Kopf, nur mit dem Nachteil, dass es nur einen einzigen Film zu sehen gab. Und dass man weder vor- noch zurückspulen konnte. Mads wurde wieder übel. Er ging ins Bad und trank viel eiskaltes Wasser. Klatschte sich auch etwas ins Gesicht. Dann ging er nach unten, wo es nicht mehr nach verbranntem Toast roch, sondern nach richtigem Essen. Nach einem Festessen.

Sein Vater war inzwischen auch nach Hause gekommen, seine Eltern kochten gemeinsam. Eine offene Flasche Rotwein und zwei halb volle Gläser standen auf dem Küchentisch. Freitags tranken sie beim Kochen immer Rotwein. Oft gab es auch Chips.

»Chips?«, sagte sein Vater und hielt Mads eine rote Schüssel hin.

Mads schüttelte den Kopf.

»Was?«, wunderte sich Ole. »Bist du krank?«

»Nein«, brummte Mads.

»Hast du das gesehen, Eva? Der Junge will keine Chips!« Ole lachte und nahm sich selbst eine Handvoll. Ein paar Chips zerbrachen, bevor sie seinen Mund erreichten, und fielen runter. Sein Vater bemerkte das gar nicht. Er trat auch noch drauf. Jetzt waren die Chips nur noch Krümel. Mads sah weg. So etwas fiel ihm doch sonst nicht auf. Irgendwie schienen alle seine Sinne viel schärfer zu sein als sonst. Er bemerkte Dinge, die er sonst nicht sah. Zum Beispiel, dass die Haare seines Vaters fettig und zu lang waren, und dass die Wimperntusche seiner Mutter etwas verlaufen war.

»Hast du schon von dem Artikel gehört, den deine Mutter untergebracht hat?«

»Klar.«

»Das ist wirklich großartig. Prost, mein Schatz.« Ole nahm sein Weinglas und prostete seiner Frau zu, die ihn anstrahlte und ihr Glas leerte.

»Heute gibt's Tournedos mit Salat und Ofenkartoffeln«, sagte Eva und lächelte ihren Sohn an, während ihr Mann ihr Weinglas auffüllte.

»Mit Kräuterbutter«, sagte Ole und zeigte auf die Glasschüssel, in der er gerade Butter mit Kräutern verrührte.

»Nice«, stöhnte Mads. Das war eins seiner Leibgerichte. Mann, war das Leben manchmal ungerecht.

Irgendwie kriegte Mads dann doch ein paar Bissen herunter. Aber genießen konnte er sie nicht recht. Nach dem Essen schaltete sein Vater den Fernseher ein. Nachtisch wollte er keinen, die Nachrichten waren ihm wichtiger. »Könnte ja sein, dass etwas über eine gewisse Ärztin kommt, die gerade einen Artikel in einer gewissen amerikanischen Zeitschrift platziert hat«, sagte er und lachte über seinen eigenen Witz.

»Der wird doch erst in einem halben Jahr veröffentlicht«, sagte Eva.

Mads und seine Mutter aßen Milchreis. Fertig-Milchreis. Aus kleinen Plastikbechern.

»Der schmeckt ja gar nicht schlecht«, meinte Eva.

»Dein selbst gemachter schmeckt besser.« Mads stocherte in seinem Becher rum.

»Natürlich. Aber den mache ich ja nur zu Weihnachten.«

»Hey, da ist heute irgendwas in Århus passiert«, sagte Ole. »Kommt her, die übertragen gleich live.«

Eva und Mads standen auf, nahmen ihre Milchreisbecher mit zum Fernseher und aßen weiter. Die Nachrichtensprecherin war eine junge Frau, die Mads vorher noch nie gesehen hatte. Sie sah hammergut aus. Sofort machte sich Mads Sorgen um sich selbst. Wenn man anfing, eine Nachrichtensprecherin attraktiv zu finden, wurde man ja wohl alt. Oder man war pervers. Oder Schlimmeres. Trotzdem las er ganz bewusst ihren Namen, als er eingeblendet wurde: Tina Johansen.

»Einer unserer Mitarbeiter ist vor Ort und wird uns jetzt berichten, was genau da passiert ist.« Mads ärgerte sich, dass die schöne Sprecherin ausgeblendet wurde, und verlor sofort das Interesse. Das änderte sich schnell, als er den Reporter mit seinem Mikrofon sah, wie er auf einen LKW zeigte, der quer auf der Kreuzung am Christian-Filtenborgs-Platz stand.

» … Der Motorradfahrer kam aus Richtung Innenstadt und wurde von einem Streifenwagen verfolgt. Mit vollkommen überhöhter Geschwindigkeit raste er über die rote Ampel und frontal in den … «

Mads klappte die Kinnlade herunter.

»… außerdem, dass der Mann, der offenbar einer der hiesigen Rockerbanden angehört, kurz zuvor in eine Schießerei vor dem Rathaus verwickelt war …«

Mads fiel der Milchreisbecher aus der Hand.

»Och, nee!«, beklagte sich Eva. »Was machst du denn da, Mads?«

Doch er hörte gar nicht, was sie sagte. Wie gelähmt stand er da und starrte den Fernseher an. Dann rannte er in sein Zimmer.

14 Mads Petersen

Die Erdkugel hing da und schwebte mitsamt ihren Milliarden von Bewohnern ganz friedlich im schwarzen All. Mads' Mund war wie ausgetrocknet und in seinem Bauch kribbelte es, wie wenn sie in der Schule einen unangekündigten Physiktest schreiben mussten. Was in aller Welt war das denn bitte für ein Spiel??? Wenn das, was im Game passierte, auch im echten Leben passierte, dann … dann war das ja der totale Hammer! Dann konnte er damit ja alles machen. Alles! Das konnte doch nicht sein, dass es in diesem Game alle Menschen dieser Welt als Spielfiguren gab! Das war doch unmöglich! Gut, es hatte anfangs ziemlich lange gedauert, alle Daten herunterzuladen, aber trotzdem. Er klickte die USA an. Da öffnete sich ein Fenster, das ihn fragte, ob er die Daten für diese Region herunterladen wollte. Da kam ihm ein Gedanke: Ob er wohl auch eine Figur in dem Spiel war? Auf der Seite, auf der man sich eine Spielfigur aussuchte, gab es auch ein Suchfeld. Mads tippte seinen Namen ein: Mads Petersen. Neunundzwanzig Ergebnisse. Aber weil unter jedem Namen auch eine Adresse stand, fand er sich ganz schnell. Er führte den Cursor zu seinem Namen und wollte ihn gerade anklicken, als er dann doch zögerte. Sollte er wirklich? Sein Zeigefinger war nur wenige Millimeter von der linken Maustaste entfernt. Dann klickte er und lehnte sich schnell auf seinem Stuhl zurück. Die Gestalt, die auf dem Bildschirm erschien, war er. Gar kein Zweifel. Er sah sich zum Verwechseln ähnlich.

Sein Herz klopfte wie wild, während er den Bildschirm anstarrte und sich die Gestalt darauf langsam umdrehte. Mann, war das unheimlich. Er wollte nicht. Traute sich nicht. Konnte es aber auch nicht lassen. Er klickte die Figur an, und schon zoomte das Spiel in die Stadt, in den Vorort, zu dem Haus, zu ihrem Haus, durch das Dach hindurch und in sein Zimmer, wo er sich selbst auf dem Bürostuhl am Schreibtisch sitzen sah, den eingeschalteten Computerbildschirm vor sich. Mads zuckte so heftig zusammen, dass er vom Stuhl fiel. Er sah sich in seinem Zimmer um. War da irgendwo eine Kamera? Nein. Wie funktionierte das denn bloß, verdammt?

Er kniete auf dem Boden, sah zum Bildschirm hinauf und sah sich, wie er auf dem Boden kniete und zum Bildschirm hinaufsah, den umgekippten Schreibtischstuhl neben sich. Mads streckte den Arm aus, bis er den Ein-/Aus-Knopf seines Computers erreichte. Er hielt ihn so lange gedrückt, bis der Bildschirm schwarz wurde und der Computer verstummte.

15 Rastlos

Das ganze Wochenende fühlte sich Mads irgendwie benebelt. Drei Dinge wollten ihm einfach nicht mehr aus dem Kopf: Der SMS-Typ, der direkt vor ihm totgefahren worden war, der Rocker, der sich selbst totgefahren hatte, und *Alles*. Jedes einzelne dieser drei Dinge beschäftigte ihn eigentlich schon genug – alle zusammen ließen seinen Kopf fast platzen. Normalerweise, wenn er sich entspannen oder einfach an etwas anderes denken wollte, schaltete er den Computer ein, aber das traute er sich jetzt überhaupt nicht, weil er genau wusste, dass er dann *Alles* starten würde, und das wollte er nicht riskieren.

»Was ist denn mit dir los?«, fragte seine Mutter mehrfach. »Du wirkst so rastlos.«

Mads sagte nichts. Er streunte in seinem Viertel herum und ging dahin, wo Lasse und er früher öfter gespielt hatten. Bevor sie Gamer geworden waren. Zum Beispiel zum Kletterbaum drüben im Park. Da hatten sie richtig viel Zeit verbracht. Hatten im Baum Fangen gespielt, immer neue Sitz- und Liegeplätze in den Ästen gefunden, sich vorgestellt, dass der Baum ein Schiff sei oder ein riesiges Schlagzeug oder sonst etwas. Jetzt stand er da und sah nichts als einen stinknormalen Baum, der noch dazu verdammt klein war. Dann ging er zu einer

Mauer, an der sie ihr ganz eigenes Fußballspiel erfunden hatten. »Bigum-Mauer« hatten sie sie genannt, nach ihrem Mathelehrer Anders Bigum. Warum? Mads hatte keine Ahnung. Es klang halt lustig. Bei dem Spiel war es darum gegangen, abwechselnd den Ball gegen die Mauer zu schießen, und zwar bevor er zwei Mal den Boden berührte. Wer das nicht schaffte, bekam ein B, beim nächsten Mal ein I und so weiter, bis man BIGUM hatte. Dann war man tot. Damals hatte er immer so ein ganz besonderes Kribbeln im Bauch gespürt, wenn sie kurz vor dem ersten Schuss an der Mauer standen. Jetzt empfand er nichts. Überhaupt nichts.

Auf den Steinplatten lag ein gelber Tennisball. Mads pfefferte ihn so hart gegen die Mauer, dass der Ball abprallte und ihm mit Wucht gegen den Bauch donnerte. Mads krümmte sich und sank jammernd auf den Steinplatten zusammen. Der Schmerz ließ irgendwann nach, aber Mads blieb liegen und sah einfach nur in den Himmel und betrachtete die über den blauen Hintergrund ziehenden Wolken. Als ein paar kleine Jungs aufkreuzten, die im Gebüsch Krieg spielten, rappelte Mads sich wieder auf und verdrückte sich.

Er ging in den Wald, legte sich auf einen Baumstamm in die Sonne und schlief ein. Ein in der Nähe bellender Hund weckte ihn wieder. Mads streifte durch den Wald und schüttelte angesichts der vielen Jogger den Kopf. Dann machte er sich auf den Nachhauseweg. Bald gab es Abendessen. Den Abend vertrieb er sich damit, irgendwelche Filme zu gucken, die er schon x-mal gesehen hatte und im Grunde auswendig konnte.

Am Sonntag blieb er so lange wie möglich im Bett. Also bis seine Mutter kam und meinte, dass er aufstehen sollte, weil es schon nach zwölf war. Als ob das ein guter Grund wäre, aufzustehen.

»Und ehrlich gesagt könntest du auch ruhig mal ein bisschen aufräumen. Hier sieht's ja aus, als hätte eine Bombe eingeschlagen.«

»Ja, ja«, brummte Mads und zog sich die Decke über den Kopf.

»Ich verstehe einfach nicht, wieso du alle deine Klamotten einfach so auf den Boden schmeißt.« Sie hob etwas auf. »Was ist damit? Soll das in die Wäsche oder was?«

»Ja.«

»Du hast ja nicht mal geguckt.«

Mads sah unter der Bettdecke hervor. »In die Wäsche«, brummte er.

»Du stehst jetzt bitte auf, Mads, und nach dem Frühstück räumst du dein Zimmer auf.«

»Ja. JA!«

Als seine Mutter wieder weg war, rollte sich Mads schwerfällig aus dem Bett. Eine Weile saß er auf dem Boden, um nach dem brutalen Weckmanöver zu sich zu kommen. Er zog sich an und wankte dann hinunter, um zu frühstücken. Seine Mutter war zum Glück schon fertig, Mads sah sie kurz im Garten. Er schlang ein bisschen Brot herunter und ging dann wieder hoch, um sein Zimmer aufzuräumen. Ein Ding der Unmöglichkeit. Er hatte überhaupt keinen Überblick. Wo sollte er anfangen? Er hob alle Klamotten vom Boden auf, kramte sogar die Stinkesocken unter dem Bett hervor, wo sie seit Monaten herumgelegen hatten, und warf alles in den Wäschekorb im Elternschlafzimmer. Dann schob er ein paar von den Sachen, die immer noch auf dem Boden lagen, zur Seite, bis an die Wand, zerknüllte ein paar alte Chipstüten, warf sie in den Papierkorb und sah sich dann um. Das musste reichen. Mehr ging jetzt einfach nicht. Am besten verduftete er jetzt möglichst schnell, bevor seine Mutter ihm noch mehr Aufgaben zuteilte.

16 Sonntagsessen

Mads beschloss, am Strand entlang bis zum Jachthafen zu gehen. Wenn er später keine Lust hatte, den ganzen Weg zu Fuß zurückzugehen, konnte er von dort mit dem Bus fahren. Es waren ziemlich viele Spaziergänger unterwegs. Viele mit Hund. Unter anderem seine Klassenkameradin Caroline.

»Hallo Mads«, sagte sie und lächelte. Sie führte einen kleinen weißen Hund Gassi.

»Hey«, entgegnete er.

»Was machst du denn hier?«, fragte sie und strich sich die Haare aus dem Gesicht, die wie ihre Kleider im Wind flatterten.

»Das Gleiche wie du. Ich mach einen Spaziergang.«

»Ganz alleine?«

»Tja.« Er streckte beide Arme zur Seite aus und ließ sie dann wieder fallen. »Ich habe keinen Hund.«

Sie lachte. »Du siehst aus wie ein Pinguin, wenn du das da mit den Armen machst.«

Er machte es noch einmal.

»Vielleicht solltest du dir einen anschaffen«, meinte sie.

»Einen was?«

»Na, einen Hund. Dann ist immer jemand da, der sich freut, wenn du nach Hause kommst.«

Mads schielte zu ihr hinüber. Was wollte sie denn damit sagen? Wusste sie etwa, dass er so gut wie immer allein war, wenn er nach Hause kam? »Ein Hund freut sich ja wohl nicht einfach nur, weil man nach Hause kommt?«, fragte Mads zweifelnd.

»Doch, natürlich. Fie freut sich immer. Stimmt's, Fie?«

Ihr Hund wedelte beim Klang seines Namens besonders heftig mit dem Schwanz und sah erwartungsvoll zu Caroline auf. Die warf ein Stöckchen, dem Fie sofort hinterherrannte. Caroline wandte sich an Mads. »Wo wolltest du eigentlich hin?«

»Zum Jachthafen.«

»Und warum?«

»Einfach so. Weil ich Lust habe.«

»Okay. Dann können wir ja ein Stück zusammen gehen.«

Mads nickte. Das störte ihn nicht weiter.

»Danke, dass du mich am Freitag angeschoben hast.«

»Schon in Ordnung.«

Caroline plapperte fröhlich los und erzählte ihm alle möglichen Belanglosigkeiten. Mads hörte nur mit halbem Ohr zu. Er hatte selbst so einiges, worüber er nachdenken musste. Es fing an zu regnen. Erst tröpfelte es nur ein wenig, aber dann regnete es sich doch ein.

»Mir wird das jetzt zu nass«, sagte Caroline. »Ich wohne gleich da oben.«

Als ob er das nicht wüsste.

»Willst du mit zu mir kommen?«, fragte sie. »Damit du nicht so nass wirst?«

Bis zum Jachthafen war es noch ziemlich weit – und bis nach Hause auch. Er könnte natürlich versuchen, sich irgendwo am Strand unterzustellen, aber da waren weit und breit keine Bäume, keine Schuppen, nichts. Der Regen verstärkte sich, und weil er keine Lust hatte, wieder so klitschnass zu werden wie neulich, nickte er und folgte Caroline.

Sie hatten gerade das Gartentörchen erreicht, als es richtig anfing zu schütten. Die letzten zehn Meter rannten sie, wobei Caroline gleichzeitig quietschte und lachte.

Das Haus war kaum größer, schöner oder neuer als das seiner Eltern, aber Mads war klar, dass es aufgrund seiner Lage viel, viel teurer gewesen sein musste. So nah am Strand konnten sich nur reiche Leute ein Haus leisten.

Carolines Mutter tauchte im Flur auf. »Hallo«, sagte sie und wirkte überrascht. »Hallo Mads.«

»Es hat angefangen zu regnen, ich wollte mich gerne unterstellen«, sagte er.

»Ja, klar. Komm doch rein. Wir wollten gerade essen. Möchtest du mitessen, Mads?«

»Öh, ach … ja, gerne.«

Carolines Mutter ging ihnen voraus ins Esszimmer, wo für vier gedeckt war. Mads musste an etwas denken, das sein Vater ihm mal gesagt hatte: »Wenn du wissen willst, wie ein Mädchen aussieht, wenn es erwachsen ist, musst du dir die Eltern ansehen. Sie wird mit großer Wahrscheinlichkeit ihrer Mutter ziemlich ähnlich sehen.« Carolines Mutter war groß und schlank. Caroline war auch schlank, aber nicht groß. Die Erklärung dafür saß am Esstisch. Carolines Vater war nicht besonders hochgewachsen. Er hatte einen kugelrunden Bauch, der ihm über den Gürtel hing. Sein Kopf wirkte riesig. Unter seinen dunklen Augen zeichneten sich dunkle Tränensäcke ab. Er sah müde aus. Er stand auf und reichte Mads die Hand, als er hereinkam. Mads fand das übertrieben und ein bisschen peinlich. Carolines jüngere Schwester saß ihrem Vater gegenüber. Auch sie reichte Mads die Hand. Mads schüttelte sie und sagte: »Hallo.«

Carolines Mutter brachte noch ein Gedeck und bat die kleine Schwester, sich woanders hinzusetzen. Sie protestierte.

»Ich kann mich doch auch einfach ans Tischende setzen«, sagte Mads.

»Nein, jetzt ist es so«, sagte Carolines Mutter. »Setz du dich neben Caroline und greif zu.«

»Das ist unser traditionelles Sonntagsessen«, brummte der Vater. »Gibt es jeden Sonntag. Krabben, Fischfilet, Eier, warme Leberpastete, Frikadellen, Medisterwurst mit Rotkohl ... Na, du siehst es ja selbst. Bedien dich.«

»Danke«, murmelte Mads. Ihm lief das Wasser im Mund zusammen. So viele leckere Sachen! Ganz besonders faszinierte ihn der warm dampfende Schweinebraten, der mittendrin auf einem Schneidebrett lag. Himmlisch! Die Schwarte sah so unglaublich knusprig aus. Das war wirklich etwas, was ihn zu Hause nervte. Dass weder sein Vater noch seine Mutter einen Schweinebraten mit knuspriger Schwarte hinbekamen.

»Na, du hast ja einen gesunden Appetit«, sagte Carolines Mutter lächelnd, als Mads sich das vierte Stück Brot nahm.

»Das kennen wir in unserer Familie gar nicht«, sagte Carolines Vater und lächelte ebenfalls.

Mads schielte zu Caroline. Die starrte auf ihren Teller.

17 Ruhe

Auf einmal zuckte ein grelles Licht durchs Zimmer und Mads glaubte einen Augenblick lang, draußen hätte es geblitzt. Doch dann begriff er, dass Carolines Mutter ein Foto gemacht hatte.

»Ach, Mama! Echt!«, ärgerte sich Caroline.

»Ja, aber wir müssen doch ein Foto von unserem Gast haben! Und von euch beiden. Ihr seht süß aus, wie ihr da so nebeneinandersitzt.«

Mads störte das nicht weiter. Er dachte darüber nach, was er auf seine fünfte Scheibe Brot legen wollte – er schwankte zwischen der Medisterwurst und noch einem Stück Schweinebraten. Doch Caroline war offenbar sauer.

»Danke, ich bin fertig«, sagte sie, legte die Serviette auf den Tisch und erhob sich.

»Äh, ja. Ich bin auch fertig. Danke«, murmelte Mads und zwang sich, den Blick von der knusprigen Schwarte zu lösen. »Das war wirklich sehr lecker. Ich glaube, ich muss dann jetzt auch mal langsam wieder los.«

»Das glaube ich nicht«, sagte Carolines Vater und zeigte zum Fenster. Es regnete in Strömen.

»Wir können hochgehen in mein Zimmer, bis es aufhört«, sagte Caroline. Sie hatte es offenbar sehr eilig, von ihren Eltern wegzukommen. Mads folgte ihr aus dem Esszimmer hinaus, die Treppe hinauf in ihr Zimmer. Caroline schloss die Tür hinter ihnen ab.

»Warum schließt du ab?«, fragte Mads.

»Weil in drei Minuten meine Mutter ohne anzuklopfen hereinstürzt.«

Mads setzte sich auf die Bettkante. »Glaubst du wirklich?«

»Ich gucke auf die Uhr.« Caroline zog den linken Ärmel ein wenig hoch und fixierte ihre Armbanduhr.

Mads ließ den Blick durch das Zimmer schweifen. An den Wänden hingen Poster von verschiedenen Sängerinnen und Sängern. Mads kannte nur zwei davon. Auf der Fensterbank standen Blumen, an der Decke hingen Glitzersterne und ansonsten fiel Mads auf, wie unglaublich aufgeräumt es hier war. Auf einem kleinen Tisch neben dem Bett stand ein großer Käfig mit Heu darin, einem kleinen Häuschen, ein paar Holzstöckchen und einer Wasserschale. Ein Tier war nicht zu sehen. Mads ließ den Blick weiterschweifen, bis er das Faltblatt vom Theater entdeckte, das Frau Holst ihnen gegeben hatte. Es hing an einer Magnettafel über dem Schreibtisch. Unübersehbar. Mads hatte keine Ahnung, wo sein Faltblatt eigentlich gelandet war. Lag wahrscheinlich völlig zerknäult ganz unten in seiner Schultasche. Zusammen mit tausend anderen Sachen, die da schon ewig herumdümpelten. Auf dem Friedhof für einzelne Blätter.

»Also, ich habe von dem Theaterstück echt null gecheckt«, sagte er und nickte in Richtung Magnettafel. »Und jetzt müssen wir auch noch einen Aufsatz darüber schreiben«, seufzte er.

»Ich kann dir gerne helfen«, sagte Caroline.

Mads' Miene erhellte sich. »Das würdest du machen?«

Sie nickte. Im selben Augenblick wurde die Türklinke heruntergedrückt. Triumphierend sah Caroline Mads an. »Zwei Minuten und siebenundfünfzig Sekunden!«

»Caroline?«, rief ihre Mutter vom Flur. »Warum hast du abgeschlossen?«

»Weil wir gerne unsere Ruhe haben möchten.«

»Okay, aber jetzt mach bitte mal auf. Ich hab euch was zu sagen.«

Caroline verdrehte die Augen und schloss auf. »Was gibt's denn?«

»Ich wollte nur sagen, dass ich jetzt den Schokoladenkuchen und die Milchbrötchen in den Ofen schiebe, das heißt … «

»Klingt gut, Mama, aber ich glaube nicht, dass Mads noch so lange bleibt.«

»Aber natürlich, Mads«, sagte Carolines Mutter und schob ihre Tochter ein Stück zur Seite, um selbst ins Zimmer zu kommen. »Du musst unbedingt meinen Schokoladenkuchen probieren. Der wird dir ganz bestimmt schmecken.«

»Danke«, sagte Mads, »aber … «

»In einer halben Stunde ist er fertig. Und die Brötchen auch. So lange kannst du doch wohl noch bleiben? Außerdem regnet es ja immer noch.«

Mads liebte Kuchen und Milchbrötchen. Zu Hause gab's das nie. Seine Eltern hatten keine Zeit zum Backen. Und Lust eigentlich auch nicht. Wenn sie alle Schaltjahre doch mal was backten, benutzten sie eine Backmischung. Und die schmeckten immer so nach Pappe. »Na gut«, sagte er. Er war zwar satt, aber für ein Stück Kuchen und ein Milchbrötchen war auf jeden Fall noch Platz. »Ich bleibe noch so lange.«

Carolines Mutter lächelte breit und verschwand. Caroline schloss schnell wieder ab. »Tut mir leid«, seufzte sie. »Aber so ist das. Keine fünf Minuten hat man hier seine Ruhe.«

Vier Minuten später klopfte es an die Tür. Carolines Vater wollte kurz nachsehen, ob der Heizkörper in ihrem Zimmer richtig funktionierte.

18 Afrika

Carolines Vater hatte den größten, am besten bestückten Werkzeugkasten bei sich, den Mads je gesehen hatte. Als Kasten und Vater wieder verschwunden waren, hob Caroline resigniert die Schultern und seufzte laut. »Ist das nicht unglaublich?«

»Deine Eltern sind doch sehr nett«, antwortete Mads und steckte einen Finger zwischen die Gitterstäbe des Käfigs.

»Ja. Genau. Das ist ja das Problem.«

»Immer noch besser als Eltern, die einen verprügeln oder denen man total egal ist.«

»Wieso kann man denn nicht einfach ganz normale Eltern haben?«, seufzte sie.

»Gibt es so was?«

Sie lachten. Bis Mads plötzlich aufheulte und den Finger aus dem Käfig zog. »Au, verdammt! Da hat mich was gebissen!« Er sah auf seinen Finger. Ein winziger roter Tropfen formte sich an der Spitze.

Caroline lachte. »Das war Nugito. Meine kleine Hamsterdame.«

»Ich dachte, der Käfig ist leer.«

»Wer stellt sich denn einen leeren Käfig ins Zimmer?« Caroline machte das Türchen auf. »Sie hatte sich bloß ins Heu gekuschelt.«

»Nein, nein, lass das!«, regte Mads sich auf. »Lass bloß das Monster nicht raus!«

Caroline lachte, griff in den Käfig, wühlte ein bisschen im Heu und holte dann einen kleinen braunen Nager heraus. »Na, meine Süße? Willst du Mads Guten Tag sagen?« Sie strich Nugito über den Rücken.

»Guten Tag, Nugito«, sagte Mads übertrieben deutlich. »So, und jetzt ganz flink wieder zurück in den Käfig!«

»Nein, sie muss noch Bewegung haben.« Auf dem Schreibtisch stand ein Hamsterrad. Caroline öffnete das Türchen und steckte das Tier hinein, das sofort anfing, loszutraben. Zu rennen, als liefe es um sein Leben. Schweigend sahen die beiden ihm eine Weile zu.

»Wieso macht sie das?«, brummte Mads. »Rennt und rennt und rennt, ohne jemals weiterzukommen.«

Caroline hielt das Rad an und nahm Nugito heraus. »Machen die Menschen doch auch. Zumindest einige. Oder?«

Mads wollte gerade lachen, doch die Art und Weise, wie sie das sagte, machte ihm klar, dass das kein Witz gewesen war. »Stimmt«, sagte er, obwohl er noch nie zuvor darüber nachgedacht hatte. »Machen sie.« Sie meinte bestimmt die, die ständig in Fitnessstudios herumhingen. Wie sie auf den Trainingsfahrrädern saßen und strampelten, bis sie ganz lila im Gesicht waren. Total lächerlich!

»Ist doch irgendwie seltsam, dass wir Dänen das glücklichste Volk der Welt sind, oder?«, sagte Caroline.

»Sind wir das denn?«

»Ja, hat Frau Holst uns doch erzählt. Weißt du nicht mehr?«

Mads kratzte sich am Kinn. »Das muss ich überhört haben.«

»Vielleicht solltest du ab und zu mal die Stöpsel aus den Ohren nehmen.«

»Ja, vielleicht«, nickte Mads.

»Vor allem im Unterricht«, fügte Caroline hinzu und lachte. Mads lachte mit. Im Unterricht hatte er die Kopfhörer nicht auf. Oder nur ganz selten.

Als er nach Hause ging, nieselte es. Er hatte Magenschmerzen, weil er so viel gegessen hatte. Ganz rund und hart war sein Bauch. Der Schokoladenkuchen und die Milchbrötchen waren hammerlecker gewesen. Er steckte sich die Kopfhörer in die Ohren und drehte den Hardstyle schön laut auf. Er seufzte satt und zufrieden, weil er entkommen war. Caroline hatte die ganze Zeit über so furchtbar ernste Sachen reden wollen. Vor allem über den blöden Aufsatz und über »das glücklichste Volk der Welt« und darüber, was sie glücklich machte. Anderen Gutes zu tun war das, was sie glücklich machte. Mads hatte die ganze Zeit sein Pokerface bewahrt, aber jetzt, da das nicht länger nötig war, prustete er los vor Lachen. Anderen Gutes tun? Schön und gut, aber davon wurde man doch nicht selbst glücklich! Was ihn glücklich machte, war, sich selber Gutes zu tun, und mit *Alles* konnte er sein eigenes Leben genau so gestalten, wie er es haben wollte. Natürlich konnte er damit auch anderen Gutes tun. Das wollte er natürlich auch tun … irgendwann. Sobald er sein eigenes Leben unter Kontrolle hatte. Und dann musste er rausfinden, was die anderen sich wünschten.

Er könnte ja zum Beispiel Menschen retten. Bei Unfällen und so. Er könnte Kriege beenden, Katastrophen verhindern, Hungernden zu essen geben – all das war möglich. Er wusste nur nicht sonderlich viel über die Welt. Er wusste, wer in den USA Präsident war, aber ansonsten? Wer regierte in China? Keine Ahnung. In Russland? Fehlanzeige. In Deutschland? Nicht mal das wusste er. Wo herrschte Hunger? In Afrika. Bestimmt. Aber wo in Afrika? Afrika war ein großes Land. Nein, kein Land. Viele Länder. Welche fielen ihm ein? Ägypten … äh … Kenia … Südafrika … Guatemala … Zulu … nein, Zu … Za … Zambuco – oder so was in der Art. Er schüttelte den Kopf. Vier, fünf afrikanische Länder, das war alles, was ihm einfiel.

Als er nach Hause kam, saßen seine Eltern vor ihren jeweiligen Computern und arbeiteten. Er sagte kurz Hallo und setzte sich dann an seinen eigenen Rechner und googelte »wo hungern die menschen«. Der oberste Treffer war Wikipedia: »Am 19. Juni 2009 berichtete die BBC, dass nun offiziell eine Milliarde *Menschen hungern.*« Er klickte den Artikel an und erfuhr, dass mit Abstand die meisten Hungernden in Asien leben, mehr als doppelt so viele wie in Afrika. Das überraschte ihn. Er klickte die Weltkarte an, auf der farbig markiert war, wo prozentual die meisten Menschen hungerten. Mads starrte auf die bunten Flecken. Wo sollte er anfangen? Das war doch hoffnungslos. Er konnte kein Problem bekämpfen, von dem er keine Ahnung hatte. Entweder musste er sich wirklich ernsthaft mit der Thematik befassen und herausfinden, wer versuchte, den Hunger in der Welt zu bekämpfen – oder er musste die Sache sein lassen. Das Gleiche galt für Kriege. Und Umweltverschmutzung und Krankheiten und alle möglichen anderen Sachen. Er hatte keine Ahnung von irgendwas. Planlos klickte er sich zurück zu Google und rief dann »Bilder« auf. Schwarze Kinder mit riesigen Köpfen und Bäuchen, aber streichholzdünnen Armen und Beinen. Kinder mit großen, traurigen Augen. Mads wandte den Blick ab. Dann schloss er mit zusammengekniffenen Augen den Browser und fuhr den Computer herunter. Er hatte keine Lust mehr, *Alles* zu spielen. Er fühlte sich auch nicht besonders wohl. Irgendwie war ihm übel. Ob das vom Schokoladenkuchen kam?

19 Eine geniale Idee

Am nächsten Morgen verschlief Mads. Ohne zu frühstücken oder sich die Zähne zu putzen, stürzte er mit der Schultasche auf dem Rücken aus dem Haus und schaffte es gerade noch rechtzeitig an seinen Platz im Klassenzimmer. Sekunden später kam Frau Holst herein. Die sah jetzt schon genervt aus. Bestimmt, weil sie jetzt Dänisch in der 7A hatte. Mads sah sich um und bemerkte, dass Caroline ihn anlächelte. Er lächelte kurz zurück, dann wandte er sich ab und unterhielt sich mit Lasse. Der erzählte ihm von dem LAN-Abend, der der beste gewesen war, den er je erlebt hatte.

»Guten Morgen, 7A!«, durchschnitt Frau Holsts Kreissägenstimme das Klassenzimmer. »Das Wochenende ist vorbei!« Sie klatschte in die Hände, um die Schüler zur Ruhe zu bringen. Das funktionierte, wenn auch langsam.

»Und ich habe am Wochenende eine geniale Idee gehabt«, fuhr sie fort. »Draußen beim Egå-See gibt es doch dieses Steinzeitdorf mit Hütten, in denen man übernachten kann, und ich habe mir überlegt, dass wir ein Wochenende da verbringen könnten, nur um das mal auszuprobieren ...« Die Klasse protestierte erst murmelnd, dann immer lauter. »... nur, um mal auszuprobieren, wie das eigentlich ist, wenn man so ganz ohne Strom auskommen muss. Ohne Fernseher, ohne

Handy, ohne Zentralheizung und ohne einen gefüllten Kühlschrank.«

»Scheiß-Idee!«, rief Lasse.

»Die hat sie doch nicht alle«, flüsterte Mads Steffen zu.

»Ach, das könnte doch ganz lustig werden«, meinte Steffen.

Entsetzt sah Mads seinen Sitznachbarn an.

»Wieso denn nicht?«, murmelte Steffen.

Mads schüttelte gefasst den Kopf.

Den Rest der Stunde diskutierten sie über Frau Holsts tolle Idee, und am Schluss wurde abgestimmt. Die ganze Klasse würde Ende September, wenn es nachts noch nicht zu kalt war, ein ganzes Survival-Wochenende im Steinzeitdorf verbringen.

»Was für ein Scheiß, Mann!«, zischte Lasse in der großen Pause. Er war ganz blass vor Wut – oder war das der Schock?

»Find ich auch«, murmelte Mads. »Ich hasse so 'ne Pfadfinderkacke.«

»Ach, das ist mir doch egal. Aber sie hat gesagt, dass wir weder Handy noch iPod noch sonst irgendwelche Elektronik mitnehmen dürfen. Zwei Tage lang!« Lasse fuchtelte in der Luft herum. »Das ist doch total unverantwortlich!«

»Ja, wo du doch Asthma hast«, merkte Mads an.

»Ganz genau. Unverantwortlich!«, wiederholte Lasse.

»Ihr regt euch doch bloß auf, weil ihr keine zwei Tage ohne eure Computergames auskommen könnt«, sagte Steffen.

»Stimmt doch gar nicht!«, regte Lasse sich auf. »Was

machen wir denn, wenn einer von uns krank wird oder sich verletzt?«

»Mit dem Fahrrad ist man in zwanzig Minuten hier. Ist ja nicht so, dass es am Ende der Welt liegt.«

»Trotzdem isses eine Scheiß-Idee«, murmelte Lasse und kickte eine leere Orangensaftflasche über den Schulhof.

Karloff stand in Hörweite, mischte sich aber nicht ein.

»Sie wird sich's schon noch anders überlegen«, sagte Mads.

»Hallo? Wir reden hier von Frau Holst«, regte Lasse sich auf. »Die überlegt sich nie was anders. Wenn die sich erst mal irgendwas Behindertes überlegt hat, zieht die das auch krass durch. Immer.«

»Dieses Mal vielleicht nicht«, sagte Mads, drückte sich die Kopfhörer in die Ohren, schlich zu seiner Stammbank, setzte sich und sah den Fußballnerds zu, die mit einem halbplatten Lederfußball kickten. Er war die Ruhe selbst. Keine Spur von Panik, wie bei Lasse. Mads würde schon dafür sorgen, dass Frau Holst es sich anders überlegte. Darum würde er sich gleich als Allererstes kümmern, wenn er nach Hause kam.

»Hallo«, hörte er da plötzlich durch das Hämmern des Hardstyles hindurch. Caroline setzte sich neben ihn. Er zog die Stöpsel aus den Ohren.

»Hey.«

»Ganz schöne Überraschung, was?«

Mads war sich nicht ganz sicher, was sie meinte. Dass sie sich gerade neben ihn gesetzt hatte oder …

»Na, der Vorschlag von Frau Holst.«

»Vorschlag«, murmelte Mads. »War ja wohl eher eine Tatsache.«

»So ein Quatsch. Wir haben doch abgestimmt.«

Mads schwieg. Er hatte keine Lust, über etwas zu diskutieren, wenn er sowieso den Kürzeren ziehen würde.

»Was ist jetzt eigentlich mit dem Aufsatz über das Theaterstück?«, fragte sie.

»Gute Frage. Was ist damit?«

»Wann wollen wir uns dransetzen?«

»Ach, wir haben ja noch Zeit«, brummte Mads.

»Wir können es genauso gut hinter uns bringen«, meinte Caroline. »Wie wär's mit heute?«

»Heute?« Mads traute seinen Ohren kaum. »Heute kann ich nicht. Glaube ich.«

»Und wieso?«

»Weil … das … ich habe keine …«

Caroline lachte. »Du wirst ja ganz blass.«

»Ja, okay.« Mads hob hilflos den Arm. »Wir können nach der Schule zu mir gehen.«

»Super. Abgemacht.« Sie stand auf und ging.

Mads steckte sich seinen Herzschlag zurück in die Ohren und bekam wieder Farbe im Gesicht. Schön war es, hier zu sitzen und zu spüren, wie der Alltag einkehrte. Wie alles wieder ganz normal wurde. Da stand Karloff, dort bolzten die Fußballnerds und da kam Lasse. Auch er hatte wieder Farbe im Gesicht. Er ließ sich neben Mads auf die Bank plumpsen.

»Also, nicht, dass du jetzt denkst, ich wär total« – er tat mit den Fingern, als setze er sich eine Pistole an die Schläfe und drücke ab – »aber neulich abends hab ich zufällig Nachrichten gesehen, und die haben da 'ne neue Sprecherin. Fuck, die ist nice, Mann.«

»Du meinst Tina Johansen?«

Lasse schloss so abrupt den Mund, dass seine Zähne hörbar aufeinanderschlugen. »Fuck, Mann! Hast du etwa auch Nachrichten gesehen?«

»Nein, Quatsch, spinnst du? Ich bin nur zufällig vorbeigekommen, als mein Vater die geguckt hat.«

»Hast du das mitgekriegt mit dem Rocker, der mit 'ner Knarre beim Rathaus Amok gelaufen ist und sich dann mit seinem Motorrad totgefahren hat? Das war ja wohl total durchgeknallt, Mann! Der …«

»Halt's Maul!«, unterbrach Mads ihn und schubste Lasse. »Ich will nichts darüber hören.«

»Jetzt mach dich mal locker.« Lasse schubste Mads zurück.

Dann saßen die beiden da und schielten sich hin und wieder schräg von der Seite an. Dann strahlte Lasse plötzlich wieder. »Aber eigentlich hatten wir ja auch über diese Tina Johansen geredet.«

»Ach ja, stimmt.«

»Die ist echt nice.«

Mads nickte, es klingelte und der Rest des Schultages schleppte sich hin wie ein Gamer auf dem Fahrrad.

20 Lebende Tote

Endlich klingelte es zum Ende der letzten Stunde. Das Klassenzimmer war schneller leer als bei jeder Brandübung. Viel schneller.

Mads und Caroline sahen sich an. Sie kam auf ihn zu: »Wollen wir los?«

Mads nickte. Es war ihm peinlich, dass sie mit ihm nach Hause kam. Wenn jetzt jemand dachte, sie seien ein Paar? Wie zum Beispiel Karloff, der interessiert zu ihnen herüberschielte.

»Jetzt komm«, sagte Caroline und zog Mads am Arm. Kurz bevor sie hinter einigen Sträuchern vor der Schule verschwanden, warf Mads noch einen kurzen Blick über die Schulter. Karloff stand immer noch da und sah ihnen hinterher, die Hände ließ er schlaff herunterhängen.

»Hast du das gesehen? Karloff hat uns total blöd hinterhergeglotzt.«

»Ja. Ist wohl eifersüchtig.«

»Eifersüchtig?«

Sie nickte. »Hat mir ein paar Mal gesimst.«

»Gesimst? Wieso?«

»Na ja, um zu fragen, ob wir uns mal treffen wollen und so.«

»Will der was von dir?«

Caroline lächelte. »Kann sein.«

Mads lachte laut auf.

»Auch Karloff hat eine weiche Seite«, sagte Caroline.

»Dass du's nur weißt.«

»Natürlich.« Mads nickte, aber in Wirklichkeit dachte er, dass das ja wohl kompletter Schwachsinn war. Den Rest des Weges schwiegen sie. Bei Mads angekommen, gingen sie sofort hoch in sein Zimmer. Caroline blieb in der Tür stehen und sah sich in Mads' Zimmer um. »Was ist denn hier passiert?«

Mads ruderte mit den Armen. »Was meinst du?«

»Hier sieht's aus, als hätte jemand eingebrochen.«

»Hm, dabei habe ich doch gerade erst aufgeräumt«, verteidigte sich Mads, doch kaum hatte er den Satz ausgesprochen, konnte er es plötzlich selber sehen: Es lagen schon wieder Klamotten auf dem Boden, in den Ecken sammelten sich zerknäulte Blätter, der alte Nintendo Gamecube, mit dem er überhaupt nicht mehr spielte, lag mitsamt seinem Wirrwarr an Kabeln halb unterm Fernseher, eine leere Plastiktüte flog herum, der Papierkorb quoll über.

Caroline ging zum Schreibtisch und nahm das Faltblatt vom Theater. Auch das war ganz zerknittert. Sie hielt es hoch wie eine tote Maus am Schwanz. Dann ließ sie es fallen. »Wollen wir nicht lieber die Tür zumachen?«, fragte sie.

»Nicht nötig. Ist keiner zu Hause.«

»Aber irgendwann kommt doch wohl jemand?«

»Ja, aber nicht so schnell. Bis dahin bist du längst weg.«

»Woher willst du das wissen?«

»Hast du etwa vor, bis halb sieben zu bleiben?«

Caroline riss die Augen auf. »So spät kommen deine Eltern nach Hause?«

»Montags ja.«

»Und wer kocht?«

Mads zuckte die Achseln. »Meistens bringen sie was mit. Und wenn nicht, dann zaubern wir halt was.«

»Zaubern?«

Mads lächelte. »So nennen wir das, wenn keiner eingekauft hat und wir einfach das essen, was wir im Kühlschrank oder in der Tiefkühltruhe finden.«

Ungläubig sah Caroline ihn an.

»Also, was ist? Wollen wir loslegen?«

»Ja.« Caroline stand auf. »Ich möchte aber trotzdem gerne die Tür zumachen.« Sie schloss sie und dann machten sie sich an die Arbeit. Caroline fragte Mads, was ihm das Stück gebracht hatte, und er sagte, überhaupt nichts. Er musste doch irgendetwas über das Stück zu sagen haben? Nein. Das gab es doch gar nicht. Jeglicher Versuch, ihm eine vernünftige Aussage zu dem Stück aus der Nase zu ziehen, scheiterte, bis Caroline schließlich aufgab und ihm erzählte, was sie darüber dachte. Sie erklärte, sie hätte länger darüber nachgedacht und begriffen, dass die beiden Toten, ein junger Mann und eine junge Frau, gar nicht wirklich tot waren. Dass ihr Totsein symbolisch gemeint war. Und dass sie darum auch immer noch mit ihren Eltern am Tisch sitzen und essen konnten, obwohl sie doch schon im Totenreich gewesen waren.

»Du meinst also, dass sie gar nicht wirklich gestorben sind?«, fragte Mads nach.

»Genau. Die sind nur innen drin tot.«

Das überraschte Mads. Er hatte nicht eine Sekunde daran gezweifelt, dass die beiden wirklich tot und im Totenreich gelandet waren. Nicht, dass er daran glaubte, dass es ein Totenreich gab. Wenn man starb, wurde man vergraben oder verbrannt, fertig. Aber das hier war ein Theaterstück und im Theater war alles möglich.

Mads seufzte. Tief. »Ich checke echt gar nichts. Die sind doch gestorben. Die haben einen Autounfall gehabt. Das haben wir doch gesehen. Man kann doch nicht bei einem Verkehrsunfall sterben und auf einmal – zack! – ist das alles gar nicht passiert. Das ergibt doch überhaupt keinen Sinn.«

»Doch, wenn man es symbolisch versteht. Sie lebten, waren aber wie tot. Das Stück handelt von toten Lebenden. Oder von lebenden Toten.«

»Lebende Tote«, schnaubte Mads. »Dann hätten sie mal besser ein paar Zombies auftreten lassen. Dann weiß man wenigstens, woran man ist.«

Leicht genervt sah Caroline ihn an.

»Okay, okay! Also, was soll ich schreiben?« Er ließ die Finger über die Tastatur gleiten und schrieb: »*Das Stück ist symbolisch zu verstehen. Die Toten waren gar nicht richtig tot, sie haben nur so getan. ENDE.*«

Caroline prustete los vor Lachen. »Genau. Jetzt musst du nur noch den Mittelteil auf zwei Seiten ausweiten.«

»Ach, nee«, seufzte Mads.

21 Totaler Blödsinn

Anderthalb Stunden später waren sie fertig.

»Fuck«, sagte Mads und warf sich völlig erledigt aufs Bett.

Caroline lachte.

»Das hätte ich alleine nie hingekriegt. Danke, dass du mir geholfen hast, Caroline.«

»Gern geschehen. Du hast mir ja auch geholfen, als wir mit dem Fahrrad unterwegs waren.«

»Das hier war tausendmal anstrengender, als von der Schule zum Theater und zurück zu radeln«, sagte Mads prustend.

Caroline lachte. »Jetzt übertreibst du aber.«

»Find ich nicht. Und wie peinlich, dass sogar die Puderdosen fitter sind als ich. Die sind so bescheuert. Wie können die sich bloß ständig die viele Schminke und neue Klamotten leisten? Die haben doch dauernd neue Klamotten, oder?«

Caroline nickte. »Ich hab gehört, die stehlen.«

Abrupt setzte Mads sich auf. »Und? Glaubst du das?«

Sie zuckte die Achseln. »Vielleicht.«

Sie schwiegen. Mads verstand nicht, warum Caroline nicht nach Hause ging. Sie waren doch fertig mit dem Aufsatz.

»Meine Eltern haben ziemlich viel von dir geredet, seit du da warst. Tun fast so, als würden wir übermorgen heiraten.«

»Was?«, heulte Mads auf. Sein ganzer Körper krampfte sich kurz zusammen.

»Ja, ich weiß«, sagte sie. »Total lächerlich.«

»Allerdings.«

»Mögen deine Eltern ihre Arbeit?«, fragte sie.

»Glaub schon. Jedenfalls arbeiten sie ziemlich viel. Auch zu Hause.«

»Muss toll sein, eine Arbeit zu haben, die gleichzeitig ein Hobby ist«, meinte Caroline. »Ich möchte gerne Designerin werden, aber meine Eltern finden, das ist keine gute Idee. Ist es wohl auch nicht, wenn man reich werden will. Aber das will ich ja gar nicht.«

»Nicht?«

»Na ja, gut, ablehnen würde ich es sicher auch nicht, wenn man es mir einfach so anbieten würde, aber das Wichtigste ist das nicht. Das Wichtigste ist, dass einem die Arbeit Spaß macht. Dass es ein interessanter Beruf ist, in dem man sich weiterentwickeln kann.«

Mads wollte am liebsten einen Beruf, mit dem er reich werden konnte.

»Wenn man seinen Beruf nicht mag, stirbt man von innen«, murmelte Caroline. »Genau wie die lebenden Toten in dem Theaterstück. Ich musste dabei an meinen Vater denken. Der hasst seinen Job.«

»Aber verdienen tut er doch wohl ganz gut«, sagte Mads.

Sie schüttelte den Kopf. »Er hat ziemlich viel Geld von meinem Großvater geerbt, davon konnten meine Eltern das Haus kaufen. Ich wünschte, meine Eltern wären mehr wie deine, mit einem Beruf, der einem tausend Möglichkeiten bietet, und bei dem man sich immer weiter fortbilden kann und was dafür tun muss, um befördert zu werden.«

Wieder schwiegen sie. Peinliches Schweigen, fand Mads. Deshalb fragte er: »Wenn du etwas für andere tun könntest – also, wenn du sozusagen andere dazu bringen könntest, das zu tun, was du willst, was würdest du sie dann tun lassen?«

Mit ziemlich seltsamem Gesichtsausdruck sah sie ihn an. »Was ist das denn für eine bekloppte Frage? Kann man doch sowieso nicht.«

»Nein, schon klar. Aber wenn man es nun doch könnte?«

»Dann würde ich ...« Sie dachte nach. Lange. »Dann würde ich meinen Vater dazu bringen ...«

»Wozu?«

Sie schüttelte den Kopf. »Ach, nichts. Schnapsidee. Was würdest du machen?«

»Ich?« Mads sah sich hilflos um. »Ich ... Keine Ahnung.«

»Du würdest dir bestimmt überlegen, wie du so schnell wie möglich so reich wie möglich wirst.«

»Ha, ha, ja, da kannst du recht haben.«

»Ist ja sowieso totaler Blödsinn«, sagte Caroline und stand plötzlich auf. Sie sah auf die Uhr. »Ich muss nach Hause. Fie braucht Bewegung.«

»Okay«, sagte Mads und erhob sich ebenfalls. Einen

91 ▸▸|

Moment lang standen sie ganz dicht beieinander. Mads konnte Carolines Haar riechen. »Bis morgen.«

Sie nickte, lächelte und ging. Er brachte Caroline noch zur Tür und machte sie dann ganz schnell hinter ihr zu.

22 Schlechte Idee

Zurück in seinem Zimmer, fragte sich Mads, wieso er nicht schon viel früher auf die Idee gekommen war, sich mit *Alles* Geld zu beschaffen. Er war regelrecht enttäuscht von sich selbst. Aber wie sollte er das anstellen? Er könnte vielleicht einfach dafür sorgen, dass jede Menge Leute zu ihm kamen und ihm Geld schenkten. Das konnte ja nicht so schwer sein. Aber was würde passieren, wenn er *Alles* herunterfuhr und nicht mehr die Kontrolle über die Leute hatte? Dann würden sie sicher alle wiederkommen und ihr Geld zurückverlangen. Vielleicht konnte er jemanden dazu bringen, eine Bank auszurauben und das Geld an einer ganz bestimmten Stelle, die nur er kannte, zu verstecken. Das wäre eine Möglichkeit. Aber damit würde er auch kriminell werden und darauf war er eigentlich nicht so scharf. Außerdem taten ihm die Leute in der Bank leid. Es musste doch irgendeine Möglichkeit geben. Eine legale Möglichkeit. Darüber würde er wohl etwas nachdenken müssen. In der Zwischenzeit konnte er mit *Alles* so vieles andere machen. Er überlegte, wie er Caroline etwas Gutes tun konnte. Er startete das Spiel und suchte sich Erik Luxhøj, Carolines Vater, als Spielfigur aus. Mads sah ihn in einem Großraumbüro in einer Bank in der Innenstadt sitzen. Er las gerade einen Riesenstapel Papiere. Das Telefon klingelte. Offenbar beschwerte sich da gerade ein Kunde. Carolines Vater musste sich so einiges anhören. Es ging um schlechte Beratung, Hauskredit, Zinsen und alles mögliche andere, von dem Mads keinen Schimmer hatte. Carolines Vater entschuldigte sich mehrfach und sagte, er würde sich darum kümmern und sehen, was sich machen ließe und so weiter. Als er auflegte, war er etwas blasser als vorher und löste seine Krawatte. Einige der Icons rechts auf seinem Bildschirm blinkten orange, eins rot.

Carolines Vater wandte sich dem Computer zu, da klingelte das Telefon schon wieder. Und so ging es lustig weiter. Ständig klingelte das Telefon oder jemand legte ihm neue Papiere auf den Tisch oder er bekam neue Beschwerde-Mails, um die er sich kümmern musste. Nebenbei musste er eigentlich diesen Stapel Papiere lesen. Der Stress war ihm förmlich anzusehen. Unter Stress standen heutzutage ja viele. Man musste sich nur mal in dem Großraumbüro umsehen, in dem er saß, und schon hatte man mindestens zehn Kandidaten beisammen. Nur konnten manche wohl besser damit umgehen als andere oder hatten wenigstens interessantere Aufgaben. Erik Luxhøj sah aus, als hätte er seine Belastungsgrenze bald erreicht.

Mads klickte im Menü herum, um zu sehen, welche Möglichkeiten er jetzt hatte. »Verlieben« zum Beispiel. Mads lächelte. Nein, das war wohl nicht das Richtige. Jedenfalls nicht für Carolines Vater. Aber vielleicht für jemand anderen? Wie geil, wenn er dafür sorgen könnte, dass Frau Holst sich in irgendeinen Obdachlosen verliebte! Sie war ja geschieden und allein mit ihren beiden Kleinkindern. Die hätte doch bestimmt gerne einen neuen Kerl. Da war sich Mads ganz sicher. Einer von den Alkis aus der Innenstadt, ohne Schneidezähne und mit hohlen Wangen. Er lächelte bei der Vorstellung, aber jetzt musste er sich auf Erik Luxhøj konzentrieren. »Kündigen« war eine weitere Möglichkeit. Die klickte Mads an. Im selben Augenblick stand Herr Luxhøj auf, rückte seine Krawatte zurecht, verließ den Schreibtisch und ging auf eine Tür zu, an die er klopfte. Dann betrat er ein Büro, in dem eine Frau um die fünfzig saß und arbeitete. War wohl Herrn Luxhøjs Chefin.

»Ich kündige«, sagte Erik ohne jede Vorrede.

Die Frau riss die Augen auf. »Was?«

Er wiederholte das Gesagte.

»Das können Sie nicht«, sagte sie und stand auf. »Sie arbeiten doch schon so lange hier, seit … «

»Zwanzig Jahren«, murmelte Herr Luxhøj. »Und genau das ist das Problem. Ich halte es nicht mehr aus. Können Sie das nicht verstehen? Beschwerden, nichts als Beschwerden! Ich habe einfach genug.« Dann machte er auf dem Absatz kehrt und marschierte hinaus, durchquerte das Großraumbüro, holte seinen Mantel aus der Garderobe und ging.

»Yes!«, freute sich Mads und ballte eine Hand zur Faust. So. Als Nächstes war Frau Holst dran. Er fand sie, doppelklickte und zoomte sie heran. Sie stand in der Küche und bereitete Essen vor, während zwei kleine Kinder um ihre Füße herumkrabbelten. Mads klickte mit der rechten Maustaste und bekam ein Menü. Er klickte auf ihren Kalender und sah, dass das Steinzeitwochenende Ende September bereits notiert war. Markiert mit einem gelben Punkt, der Strahlen aussandte wie die Sonne. Mads bewegte den Cursor darauf. »Gute Idee« stand im Mouseover. Er klickte rechts und änderte den Status zu »schlechte Idee«.

23 Überfall

Mads' Eltern kamen so spät nach Hause, dass keiner mehr Lust hatte, etwas zu kochen. Nicht einmal zaubern wollten sie mehr.

»Pizza«, stöhnte sein Vater. »Können wir nicht einfach ein paar Pizzen holen?«

»Von mir aus«, beeilte sich Mads zu sagen.

»Gut, dann machen wir das«, sagte Eva. »Ich ruf an. Wer holt?«

Ole zeigte auf Mads.

»Hä? Was? Wieso denn ich?«

»Weil ich bezahle«, grinste sein Vater.

Mads seufzte und ließ sich auf den tiefen Sessel im Wohnzimmer sinken. »Okay. Weckt mich, wenn ich losmuss.«

Seine Eltern setzten sich aufs Sofa und Ole schaltete den Fernseher ein. Dort lief gerade ein Interview mit einem Bankmanager.

»Ach, nee, nicht schon wieder Finanzkrise«, stöhnte Eva. »Ich kann's nicht mehr hören.«

»Also, ich finde das interessant«, sagte Ole. »Und wichtig. Wenn die Banken nicht funktionieren, funktioniert unser ganzes System nicht. Genau das hat uns diese Finanzkrise gezeigt.«

Mads ging es wie seiner Mutter, er hielt sich die Ohren zu. Eine Viertelstunde später machte er sich auf den Weg. Zu Fuß waren es nur fünf Minuten zur Pizzeria. Er nahm den Fuß- und Fahrradweg, der die verkehrsreichste Straße Jütlands, den Grenåvej, mithilfe zweier Unterführungen kreuzte. Es war dunkel und windig. Mads war es in den Tunneln immer etwas mulmig zumute. Und im Dunkeln ganz besonders. Hier wurden einem schon mal ganz gerne Geld und Handy abgeknöpft. Zum letzten Mal hatte Mads vor einem Monat von einem solchen Überfall gehört. Die Täter hatte man nie geschnappt. Die erste Unterführung durchquerte Mads ohne Vorkommnisse, doch als er mitten in der zweiten war und sich die Graffiti an den grauen Betonwänden ansah, erschien am vor ihm liegenden Ende des Tunnels auf einmal eine dunkle Gestalt. Mads ging etwas langsamer und überlegte, ob er umkehren sollte. Die Gestalt war groß. Wer war das? Jemand, den er kannte? Im Tunnel waren so viele Lampen zu Bruch gegangen, dass es zu dunkel war, um deutlich sehen zu können. Als Mads erkannte, dass die Gestalt ein Kapuzenshirt trug und sich die Kapuze tief ins Gesicht gezogen hatte, blieb er stehen. Zu spät. Die Gestalt rannte los, und noch bevor Mads sich umdrehen und loslaufen konnte, stürzte sie sich auch schon auf ihn und warf ihn zu Boden. Mads rief um Hilfe, bis er einen üblen Schlag in den Magen bekam, der ihm die Luft abschnürte.

»Geld her!«, schrie der Räuber.

»Ich hab keins«, keuchte Mads. Er bekam eine schallende Ohrfeige. »Okay, okay. Warte.« In seiner Hosentasche wühlte er nach den beiden Hundertkronenscheinen, die seine Eltern ihm mitgegeben hatten. Der Räuber schnappte sich das

Geld, und im selben Moment rutschte seine Kapuze etwas zur Seite. Mads sah ganz kurz sein Gesicht.

»Karloff?«

»Halt's Maul!«, knurrte die Gestalt und verpasste Mads noch eine Ohrfeige. Dann stand er auf und verschwand.

Mads rappelte sich auf. Das war doch Karloff gewesen! Er war gerade von einem Klassenkameraden überfallen und ausgeraubt worden! Er konnte dafür sorgen, dass Karloff in den Knast kam! Mads kochte vor Wut und war gleichzeitig völlig entkräftet. Seine Beine zitterten, seine Hände zitterten. Er wankte nach Hause, taumelte zur Tür hinein und erzählte seinen Eltern, was passiert war.

»Weißt du, wer das war?«, fragte sein Vater.

Mads zögerte. Dann schüttelte er den Kopf.

Sie riefen die Polizei an. Der Beamte erklärte, dass sie keine Zeit hatten, solchen kleinkriminellen Zwischenfällen nachzugehen. Sonst würden sie ja bald nichts anderes mehr machen, sagte er.

»Ich glaub, es geht los!«, regte Ole sich auf, als er aufgelegt hatte. »*Sonst würden wir bald nichts anderes mehr machen!* Nee, aber das sind doch genau die Sachen, die sie mal als Allererstes machen sollten!«

»Sollen wir eben zusammen zur Unterführung gehen?«, fragte sein Vater dann. »Vielleicht können wir uns ja selbst drum kümmern. Wenn ich den erwische, dann … «

»Nein«, sagte Eva. »Ihr geht nicht zum Tunnel.«

Auch Mads schüttelte den Kopf.

»Okay. Aber unsere Pizzen warten ja wohl immer noch auf uns«, sagte Ole. »Ich fahr schnell hin und hol sie.«

Mads bekam kaum einen Bissen runter nach dem Schrecken. Er aß nur ein einziges Stück, dann konnte er nicht mehr. »Ich geh ins Bett«, murmelte er.

»Ist alles in Ordnung, Mads?«, fragte seine Mutter.

»Ja, ja. Geht schon. Gute Nacht.« Er war wirklich müde. Aber er hatte sich gerade erst hingelegt, als sein Handy klingelte. Er drückte so schnell auf den grünen Knopf, dass er gar nicht sah, wer anrief. »Mads«, meldete er sich.

Am anderen Ende der Leitung war es kurz still, dann ertönte eine schnarrende Stimme: »Du hältst gefälligst die Fresse, ja?«

Abrupt setzte Mads sich im Bett auf. »Karloff?«

»Ich schlag alles zusammen, wenn du mich verpfeifst, verstanden? Dich, deinen Vater, deine Mutter, euer Auto, euer Haus. Alles. Kapiert?«

Mads schnappte nach Luft. Karloff, so wie es klang, auch. Beide schwiegen.

»Ob du das kapiert hast?«, schrie Karloff dann.

Mads zuckte zusammen. »Ja«, quäkte er. Dann wurde die Verbindung abgebrochen und Mads ließ sich zurück aufs Kissen fallen.

24 Taschengeld

Als Mads am nächsten Tag in der Schule Karloff sah, fingen seine Knie wieder an zu zittern. So ging es bestimmt einigen. Wie vielen Karloff im Laufe der Zeit wohl schon Geld abgeknöpft hatte? Mads biss sich auf die Unterlippe. Sollte er sich einfach damit abfinden? Das war doch nicht in Ordnung. Ob Karloff wohl wirklich eine weiche Seite hatte, wie Caroline behauptete? Quatsch. Nie im Leben. Karloff stand mitten auf dem Schulhof und kontrollierte seine Umgebung, indem er sie einschüchterte. Keiner traute sich, etwas dagegen zu tun. Nicht mal die Großen aus der Neunten. Und Ronny und Jeppe schon gar nicht. Das waren auch so zwei Typen, denen man immer schön aus dem Weg ging. Die machten auch immer allen möglichen Scheiß. Eigentlich waren sie fast schlimmer als Karloff, aber weil er viel stärker war als sie, kuschten sie vor ihm.

Karloff musste ganz dringend mal eins aufs Maul kriegen. Egal, wie.

In den Pausen blieb Mads drinnen, aber auch das war schwierig, weil dort nämlich die Mädchen das Sagen hatten. Oder zumindest einige von ihnen. Vor allem Anna und Clara. Die Puderdosen. Denen musste er eigentlich genauso dringend aus dem Weg gehen wie Karloff. Mads steckte sich die Kopfhörer in die Ohren und verkroch sich in einer Ecke. Aber dann schoss einer der Fußballnerds den Ball durch die offene Tür in den Flur und traf eine der Deckenlampen. Das Metallgitter, das die Leuchtstoffröhre schützte, fiel herunter, die Lampe ging aus und sie wurden allesamt von der Aufsicht nach draußen geschickt.

Kaum betrat Mads den Schulhof, hatte Karloff ihn auch schon auf dem Kieker und grinste ihn höhnisch an. Mit dem ausgestreckten Zeigefinger fuhr er sich einmal quer über die Kehle und kniff die Augen zusammen. Da klingelte es. Mads drehte sich um und beeilte sich, in die Klasse zu kommen. Kaum hatten sich alle gesetzt, verkündete Frau Holst, dass aus dem Ausflug ins Steinzeitdorf doch nichts werden würde.

»Yes!«, riefen einige – vor allem Lasse. Andere fragten, warum.

»Weil ich nicht glaube, dass es viel bringen wird. Nur weil wir zwei Tage lang auf Handys und Fernsehen verzichten, werden wir noch lange nicht verstehen, was es bedeutet, arm zu sein, keine Hoffnung und keine Zukunft zu haben. Das war nicht meine beste Idee.«

»Wir könnten uns ja ein paar Filme zu dem Thema ansehen«, rief Lasse.

Frau Holst lächelte. »Ja. Das könnten wir. Hat von euch schon jemand *Slumdog Millionär* gesehen?«

Mads machte den ganzen Tag einen großen Bogen um Karloff. Nach der letzten Stunde, ließ er sich Zeit damit, seine Sachen zusammenzupacken. Karloff saß nämlich gleich bei der Tür und Mads hoffte, er würde dann schon vor ihm gehen. Mads war der Letzte im Klassenzimmer, Frau Holst stand bereits an der Tür und wartete auf ihn.

»Hast du eigentlich schon den Brief im Sekretariat abgegeben?«, wollte sie wissen.

»Ääh … nein. Noch nicht. Meine Eltern hatten so viel um die Ohren, deshalb …«

»Wenn du ihn bis Freitag nicht abgegeben hast, stehe ich bei euch zu Hause auf der Matte«, sagte sie.

»Das wird Ihnen nicht viel bringen«, antwortete Mads. Er klang viel ruhiger, als ihm zumute war. Allein die Vorstellung von Frau Holst im heimischen Wohnzimmer jagte ihm einen Schauer über den Rücken.

»Meine Eltern sind nur selten zu Hause.«

»Dann musst du mir eben ihre Mailadressen geben. Ich *muss* Kontakt zu ihnen aufnehmen.«

Mads tat so, als sei ihm das egal, und schlurfte zur Tür hinaus. Sie ließ ihn gehen.

Auf dem Flur war niemand. Mads hatte es nicht eilig, hinauszukommen. Er hatte Angst vor dem Nachhauseweg. Der war zwar kurz, aber es gab viele Stellen, an denen ein finsterer Typ mit Kapuzenshirt sich verstecken konnte. Mads hatte Bauchweh, als er über die Straße und an der nächsten Hecke vorbeirannte. Er war schon fast zu Hause – er konnte das Haus schon sehen – als Karloff plötzlich aus einem Carport hervortrat und sich Mads in den Weg stellte. Mads spürte wieder den Schlag in den Magen, der ihm am Abend vorher die Luft abgeschnürt hatte.

»Na?«, sagte Karloff. »Hast du dich wieder gefangen?«

»Ich wüsste nicht, was dich das angeht.«

Karloff lächelte und verschränkte die Arme vor der Brust.

»Ich meinte, nach dem Theaterstück am Freitag?«

»Leck mich«, murmelte Mads.

Das Lächeln verschwand aus Karloffs Gesicht. Er trat einen Schritt näher. »Vergiss nicht, wen du vor dir hast«, knurrte er leise und bohrte Mads so fest einen Finger in die Brust, dass er einen Schritt zurücktat. »Und sei froh, dass das passiert ist«, fuhr Karloff fort. »Das hat mich nämlich auf eine Idee gebracht.«

»Was für eine Idee?«

»Du kriegst doch bestimmt Taschengeld?«

Mads nickte.

»Wie viel?«

»Zweihundert im Monat.«

»Davon gibst du mir ab sofort immer die Hälfte ab. Dann können wir uns das mit den Überfällen sparen.«

»Was? Für wie blöd hältst du mich eigentlich?«, rief Mads.

»Und für wie blöd hältst du mich?«, zischte Karloff und rückte ihm auf die Pelle.

»Du bist doch nicht ganz … «

»Was?«, wollte Karloff wissen. »Was bin ich nicht ganz?«

»Nichts.« Mads ließ die Schultern hängen. Er wollte nur noch weg.

»Gut«, sagte Karloff. »Abgemacht.« Er trat zur Seite und ließ Mads gehen.

Mads rannte, dass der Rucksack auf seinem Rücken

103 ▶▶◀

hüpfte. Er stürzte ins Haus, ließ den Rucksack auf den Boden fallen, zog sich eilig die Schuhe aus und rannte dann hoch in sein Zimmer. Er hatte keine Angst. Er kochte. Vor Wut. Jetzt würde er Karloff mal zeigen, wer hier das Sagen hatte. Er startete *Alles*.

25 Fliegende Ratten

Zoom. Karloff stand hinter der Shell-Tanke, zusammen mit zwei anderen Typen. Ronny und Jeppe aus der Neunten. Die standen in der Schule unter dem Verdacht, ab und zu den Feueralarm auszulösen, um dann in der Aufregung Handys, Geld und was sie sonst noch so fanden zu klauen. Man hatte sie bisher nur nie auf frischer Tat ertappt. Ronny und Jeppe standen an ihre Motorroller gelehnt und rauchten. Sie lachten laut. Ronny schnippte seine Kippe in die Landschaft und kratzte sich am Kopf. Dann schlug er Jeppe auf die Schulter.

Mads klickte auf Jeppe. Nichts passierte. Dann doppelklickte er auf ihn und schon konnte er ihn steuern. Fett. Das hieß, er musste nicht jedes Mal zum Hauptmenü zurückkehren, um die Spielfigur zu wechseln. Er doppelklickte auf Ronny und ließ ihn so fest gegen die Mauer der Tankstelle treten, dass er vor Schmerz aufheulte. Die anderen beiden lachten und Jeppe fragte, wieso er das gemacht hatte.

»Weil ich es kann«, antwortete Ronny und tat ganz entspannt. Aber Mads konnte an den kleinen Icons am Bildschirmrand sehen, dass er noch Schmerzen hatte.

»Hey! Guckt mal!« Jeppe zeigte auf eine Taube, die aus dem Gebüsch gehüpft kam. »Die ist krank.« Er ging auf sie zu, doch die Taube hüpfte weg.

»Komm schon, put, put, put.« Er ging in die Hocke und tat, als hätte er Brot in der Hand. Die Taube kam wieder näher gehüpft. Sie schien Probleme mit einem Flügel zu haben. In dem Moment, in dem sie begriff, dass Jeppe gar kein Brot in der Hand hatte, warf der sich schon auf sie. »Haha! Hab sie!« Er hob das Tier über den Kopf. Es schlug wie wild mit den Flügeln.

»Lass sie los!«, rief Karloff, doch noch bevor er mehr sagen konnte, hatte Jeppe dem Vogel bereits den Hals umgedreht.

»Was sollte das denn jetzt, du Arsch?«, schrie Karloff, während Ronny nur danebenstand und lachte.

»Mann, mach dich mal locker, Alter. Die war krank.« Jeppe warf den toten Vogel ins Gebüsch.

»Penner!«, knurrte Karloff.

»Was geht denn jetzt ab, Alter?«, höhnte Jeppe. »Bist du auf einmal der Tierfreund des Jahres, oder was? Das war doch bloß ein beschissener Vogel, Mann.«

Mads doppelklickte auf Karloff und führte ihn ganz nah an Jeppe heran, bis er wie ein Riese vor ihm stand. Jetzt eine kleine Keilerei. Das wäre eine Möglichkeit. Karloff war viel größer und stärker als Jeppe, aber Mads konnte Karloff auch verlieren lassen. Das wäre gar nicht gut für seinen Ruf.

»Okay, okay. Tut mir leid, Mann«, sagte Jeppe und zog den Schwanz ein wie ein geprügelter Hund.

»Tauben sind fliegende Ratten«, meinte Ronny.

Karloff machte einen Schritt auf Ronny zu. Da zog auch der den Schwanz ein. Was für Opfer, dachte Mads. Spielen sich selbst ständig vor Schwächeren auf, aber wenn sie dann mal unterlegen sind, kriechen sie zu Kreuze. Mads konnte sie nicht ausstehen. Alle drei nicht. Aber am allerwenigsten Karloff. Er merkte, wie der Hass und die Wut von vorhin wieder in ihm brannten. Er ließ Karloff um die Tankstelle herumgehen, an den Tanksäulen und der Bushaltestelle vorbei und bis zum Fahrradweg. Keine zwei Meter von ihm entfernt brausten die Autos vorbei. Nur noch zwei große Schritte, und Karloff würde plötzlich fünf Meter hoch in der Luft hängen, leblos wie eine Puppe und tot, noch bevor er zehn oder zwanzig Meter weiter auf den Asphalt knallte.

Mads knirschte mit den Zähnen. Er schwitzte. Seine Hände zitterten. Nur noch einen Schritt. Karloffs Zehen ragten schon über die Bordsteinkante. Noch einen Schritt. Jetzt komm schon! Mads warf sich auf seinem Stuhl zurück. Er konnte es nicht. Das wäre ja Mord. Und selbst wenn niemand jemals erfahren würde, dass Mads dahintersteckte – er selbst würde es wissen. Er brachte es nicht über sich. Tausend Mal hatte er so etwas schon in irgendwelchen Computerspielen gemacht, aber das hier war das echte Leben.

Er ließ Karloff umkehren und zu den anderen beiden zurückgehen. Karloff schubste Jeppe, der jetzt auf seinem Roller saß, so heftig, dass er herunterfiel, setzte sich selbst auf den Roller, startete ihn und fuhr weg. Mads lenkte Karloff, aber er wusste nicht, was er ihn jetzt machen lassen sollte. Wie konnte er Karloff etwas antun? Wie konnte er ihm so richtig wehtun? Auch Karloff musste einen wunden Punkt haben. Irgendetwas, das ihm mehr als alles andere bedeutete. Obwohl … Er war nun mal Karloff. Er war irgendwie anders gebaut als die anderen. Hatte wohl ein Herz aus Stahl. Aus altem Schrott. Mads lächelte. Sah direkt ein reichlich verrostetes Herz vor sich. Und hatte dann eine Idee. Er ließ Karloff auf der Hauptverkehrsstraße den Hügel runterfahren, bis er die Eisenbahnschienen erreichte. Dann ließ er ihn auf den Schienen nach rechts fahren, bis man ihn von der Straße aus nicht mehr sehen konnte. Da ließ er Karloff anhalten, absteigen, den Roller abstellen und weggehen.

Er war ungefähr schon wieder halb den Hügel hinaufgelaufen, als er hörte, wie die Schranken heruntergelassen wurden. Er drehte sich um und wartete, bis er einen Roller durch die Luft fliegen sah und die Zugbremsen kreischen hörte. Mads lachte. Jeppe würde sicher von Karloff verlangen, dass er ihm den Schaden ersetzte. Was Karloff da wohl tun würde?

Mads überließ Karloff wieder sich selbst und ging in die Küche, um irgendwas Leckeres zu essen. Da er nichts Besseres finden konnte, beschmierte er sich vier Kekse mit Butter und Nutella. Die hatte er bereits verdrückt, bis er wieder in seinem Zimmer war. Er klickte auf Karloff, der inzwischen zu Hause war. Er ging gerade in sein Zimmer. An den Wänden hingen alte Filmplakate, alle zum selben Film: Frankenstein. Ein ziemlich gruselig aussehender Kopf beherrschte das Bild. Das war das Monster aus dem Film. Frankensteins Monster. Kein Wunder, dass Karl Karloff genannt wurde.

Ziemlich überrascht stellte Mads fest, dass Karloff einen Vogelkäfig in seinem Zimmer hatte. Darin saß ein weißer, papageienähnlicher Vogel. Karloff ging sofort zum Käfig und ließ den Vogel heraus. Er hüpfte auf Karloffs Finger und spazierte dann seinen Arm hinauf bis zur Schulter, wo er sitzen blieb. Karloff drehte den Kopf zu dem Vogel und spitzte die Lippen, und als der Vogel mit dem Schnabel Karloffs Lippen berührte, sah es fast so aus, als küssten sich die beiden. Mads staunte nicht schlecht. Dann hatte Caroline also doch recht gehabt. Karloff hatte eine weiche Seite.

»Gut gemacht, Coralein«, sagte Karloff.

»Cora gut, Cora gut«, gurrte der Vogel.

Mads musste lachen. Karloff hatte ein Haustier? Um das er sich liebevoll kümmerte? Wer hätte das gedacht! Er setzte den Vogel auf eine Stange, die auf seinem Schreibtisch stand.

»Jetzt kommen die Flugzeuge«, sagte Karloff.

Der Vogel gab Geräusche von sich wie ein Düsenjet. Haargenau wie ein Düsenjet.

»Pass auf die Bomben auf!«, rief Karloff.

»Bumm!«, krächzte Cora und duckte sich.

»Nichts passiert!«

»Puuuh«, machte Cora und richtete sich wieder auf.

Mads lachte. Das war doch was für YouTube. Das würden sich bestimmt eine Million User angucken. Mindestens. Karloff hatte das sicher ewig mit dem Vogel geübt. Kaum zu glauben, dass er dafür die Geduld aufbrachte.

Karloff nahm den Vogel in die Hand und kraulte ihn am Hals. Cora schloss halb die Augen und rekelte sich. Plusterte sich auf. Genoss das, ganz klar. Über eine halbe Stunde beschäftigte sich Karloff mit dem Vogel, dann setzte er ihn wieder auf der Stange auf dem Schreibtisch ab. Im selben Moment doppelklickte Mads auf Karloff, ließ ihn zum Fenster gehen und es öffnen. Sperrangelweit.

Und schon flatterte etwas Weißes an ihm vorbei. Karloff drehte sich um. Die Sitzstange war leer. Der Vogel war hinausgeflogen. Karloff wandte sich wieder zum offenen Fenster, lehnte sich, so weit er konnte, hinaus, und schrie: »Neeeeeee-eeiiiiin!« So laut er konnte. Der Schrei verschwand in der Nacht. Genau wie das weiße, flatternde Etwas, das bald nur noch ein Punkt war.

26 Ganz oder gar nicht

Karloff war überhaupt nicht er selbst. Das sahen alle, aber nur Mads wusste, warum. Karloff strahlte nicht mehr dieselbe Unbesiegbarkeit aus wie sonst. Er ließ die Schultern hängen. Sein Gesicht wirkte wie eine leblose Gummimaske. Er stand in den Pausen nicht mehr da und beobachtete die anderen. Er teilte nicht mehr aus.

Mads freute sich. So einfach war es also, einen Tyrannen zu brechen. Einen beschissenen Kriminellen. Da brauchte er nun wirklich kein schlechtes Gewissen zu haben. Er hatte ja nichts Illegales getan.

Er sah zu den Fußballnerds. Sein Klassenkamerad Steffen war mit Abstand der beste Spieler der Schule. Er gehörte fest zur ersten Mannschaft des Fußballvereins und schoss immer ziemlich viele Tore. In jedem Spiel mindestens eins. Im Durchschnitt. Mads hatte gehört, dass Steffen bald zum großen Superligaverein in der Stadt wechseln musste, wenn er mal Profispieler werden wollte. Nicht schlecht, wenn man von seinem Hobby leben konnte – und nicht nur leben. Wenn man sogar richtig viel Kohle dafür bekam. Für Mads wäre das, wie wenn er davon leben könnte, Computerspiele zu spielen. So was gab es tatsächlich. Es gab Ligen und Wettkämpfe, bei denen es richtig Geld zu gewinnen gab. Mads hatte sich noch nie

111 ▸▸▎

zu so etwas angemeldet, dazu fehlte ihm dann doch der Mut. Und außerdem brauchte er eine Mannschaft. Er war mal von einer Counter-Strike-Mannschaft gefragt worden, ob er für sie spielen wollte, und er hatte auch zugesagt, aber dann hatte sich schnell herausgestellt, dass die anderen viel schlechter waren als er, und er ließ es wieder bleiben.

Draußen in der großen Welt gab es viel zu viele Counter-Strike-Spieler, die besser waren als er. Er würde nie so gut werden, dass er davon leben könnte. Das hatte er längst eingesehen. Computerspiele waren und blieben ein Hobby. Aber für Steffen war Fußball jetzt schon viel mehr als das. Das konnte man daran sehen, wie er spielte. Selbst auf dem Schulhof fürchteten die anderen seine Angriffe.

»Ganz oder gar nicht«, sagte er immer, wenn jemand sich beschwerte, er würde zu brutal spielen. »So ist das im Fußball.«

Steffen und Mads saßen zurzeit nebeneinander. Vor zwei Wochen hatten sie eine neue Sitzordnung gemacht. Deshalb verbrachten Steffen und Mads jetzt etwas mehr Zeit miteinander. Nicht in den Pausen, sondern nach der Schule. Steffen hatte Mads nämlich eine Kopie vom neuesten *Fifa*-Spiel gemacht und Mads war ziemlich schnell ziemlich gut geworden. Fast so gut wie Steffen. Sie spielten ein paar mörderische Spiele auf Steffens Xbox. Mads war nur deshalb noch nicht besser als Steffen, weil er zu Hause immer nur auf dem PC spielte und deshalb mit der Xbox nicht ganz so vertraut war.

Steffen und er hatten sich nach der Schule bei Steffen verabredet.

»Hast du mein letztes Tor gesehen?«, fragte Steffen am Ende der Pause.

»Nein«, antwortete Mads.

»Na, da hast du aber was verpasst. Aber warte mal ab, bis wir bei mir sind. Dann zeige ich dir die schrägsten Tore. Ich kann in *Fifa* jetzt die fettesten Fallrückzieher.«

Die Schüler drängten ins Klassenzimmer. Frau Holst stand bereits am Pult und wartete.

Mit dem Fahrrad brauchten sie zehn Minuten bis zu Steffen nach Hause.

»Weißt du eigentlich schon ... ob du beim Århuser ... Talent-Team mitspielen darfst?«, keuchte Mads unterwegs. Er musste sich ganz schön anstrengen, um bei Steffens Tempo mitzuhalten. Gut, dass sie es nicht weit hatten.

»Nee, noch nicht«, murmelte Steffen. »Aber der Trainer müsste eigentlich bald mal anrufen. Demnächst fängt ja das Wintertraining an, das ist ein guter Zeitpunkt, um die neuen Talente einzuführen.«

»Die wollen dich bestimmt haben«, sagte Mads.

Steffen grinste schief. »Das sagen alle.«

»Ja, weil's wahr ist. Glaubst du etwa nicht?«

»Doch, schon.«

Steffen wohnte in einem Reihenhaus. Mads war sich nie ganz sicher, welches Haus es war, aber Steffen wusste es natürlich ganz genau. Sie stellten die Räder am Carport ab, liefen ins Haus, warfen die Schultaschen in eine Ecke und hatten wenige Minuten später ihren jeweiligen Controller in der Hand. Das Spiel konnte losgehen. Es war ein gutes, ausgewogenes Spiel. Mads ging mit 1:0 in Führung, aber kurz vor der Halbzeit schoss Steffen zwei Tore. Das zweite mit einem der angekündigten Fallrückzieher. Steffen sprang auf und führte einen kleinen Freudentanz auf. Genau wie die richtigen Fußballspieler. Da klingelte Steffens Handy.

»Unbekannt«, murmelte er nach einem Blick aufs Display und nahm ab. »Steffen«, meldete er sich.

Mads sah sich das letzte Tor noch einmal an.

»Ja, hallo«, sagte Steffen und machte plötzlich ein sehr ernstes Gesicht. »Nein, nein, gar nicht.«

Mads sah, wie Steffen ganz blass wurde.

»Ach«, sagte Steffen. »Nein ... natürlich ... ja ... klar, verstehe ... ja ... ja ... Tschüss.«

Er ließ das Handy sinken, als ob es auf einmal eine ganze Tonne wiegen würde. »Das war der Trainer vom Talent-Team«, murmelte er. »Die wollen mich nicht beim Wintertraining dabeihaben.«

»Was???«

»Er hat gesagt, ich sei ganz nah dran, aber dass es vielleicht besser wäre, wenn ich bis nächstes Jahr warte.«

»Ach, Mensch ... Aber dann ...«

»Scheiße!«, schrie Steffen plötzlich und stampfte fest auf den Boden. Auf seinem Schreibtisch stand eine ganze Reihe Plastikfiguren von bekannten Fußballspielern. Er schnappte sich eine und schleuderte sie so heftig gegen die Wand, dass sie in zwei Teile zerbrach. Dann ließ sich Steffen aufs Bett fallen, vergrub das Gesicht in der Decke, schlug mit den Fäusten immer wieder auf die Matratze und schrie: »Nein, nein, nein!«

Mads stand auf. Er wollte irgendetwas sagen, um ihn zu trösten, aber dann sah er das große Poster von Cristiano Ronaldo über dem Bett. Daneben hingen ein Poster von Messi, eins von Rooney und eins von Pelé. Die Wände waren praktisch mit Fußballpostern tapeziert. Im ganzen Zimmer gab es nicht einen einzigen Gegenstand, der nicht in irgendeiner Weise mit Fußball zu tun hatte. Mads blieb stehen und betrachtete Steffen, der auf dem Bett lag und am ganzen Körper bebte. Weinte er etwa? Mads konnte es nicht hören, weil die Bettdecke – mit Manchester-United-Bezug – alle Geräusche verschluckte. Leise verließ Mads Steffens Zimmer, nahm seine Tasche und seine Jacke und radelte nach Hause.

27 Hübsche Mädchen

Mads nahm die Abkürzung durch den Park, wo er zwei Mädchen auf einer Bank sitzen sah. Sein Weg führte direkt an ihnen vorbei. Es waren Anna und Clara. Was machten die denn da? Zogen die sich etwa um? In aller Öffentlichkeit? Er fuhr langsam auf sie zu und war sich ganz sicher, dass zumindest Anna ihn gesehen hatte, aber sie reagierte überhaupt nicht. Er hielt neben ihnen an und lächelte. Die beiden taten, als sei er Luft. Hatten sie die Oberteile getauscht? Mads wusste nicht mehr, wer am Vormittag in der Schule was angehabt hatte. Solche Sachen merkte er sich grundsätzlich nicht.

»Hallo«, sagte er.

Die beiden reagierten nicht.

»Mann, steht dir das gut«, sagte Anna und zupfte das Oberteil zurecht, das Clara jetzt anhatte.

»Sehe ich darin nicht zu dick aus?«

»Nein, überhaupt nicht. Das sitzt gut und das blaue Glitzerzeug vorne passt genau zu deinen Ohrringen.«

»Ja, das ist mir auch schon aufgefallen.«

»Äh – hallo!« Mads versuchte es noch einmal. Sahen sie ihn wirklich nicht? »Was macht ihr denn da?«

»Huch, Mads! Was machst du denn hier? Wieso glotzt du so?« Clara hatte offenbar erst jetzt bemerkt, dass er direkt vor ihnen stand. Anna wandte ihm den Rücken zu, aber Mads sah sehr wohl, dass sie schnell ein paar Oberteile in eine Plastiktüte stopfte.

»Ich bin auf dem Weg nach Hause.«

»Okay. Ja dann … Fahr halt einfach weiter, ja?«

Anna drehte sich um und kicherte.

»Oder steigst du uns etwa nach?«, fragte Clara.

Anna prustete vor Lachen.

»Bist du so einer, der hübschen Mädchen nachsteigt?«, machte Clara weiter.

»Nein!«, wehrte sich Mads und spürte, wie seine Wangen heiß wurden. Er überlegte verzweifelt, was er jetzt Schlaues oder Lustiges sagen könnte, aber es fiel ihm nichts ein.

»Jetzt hör schon auf«, sagte Anna und gab ihrer Freundin einen Schubs. »Mads ist in Ordnung. Stimmt's nicht, Mads?«

»Klar«, sagte er schnell und nickte.

»Also, bis morgen dann«, sagte sie und zwinkerte ihm zu.

Da wurde ihm auch im Rest des Körpers verdammt heiß. Er nuschelte irgendwas, stieg wieder auf und fuhr schnell weiter.

Zu Hause war es ganz still. Vielleicht sollte er sich doch einen Hund wünschen. Sie hatten schon mal drüber gesprochen. War die Idee seiner Mutter gewesen. Bis jetzt hatte Mads keinen Nerv für einen Hund gehabt, weil er nämlich genau wusste, wer dann ständig mit ihm Gassi gehen durfte. Andererseits wäre es vielleicht ganz nett, wenn wenigstens ein Hund da wäre, wenn er nach Hause kam. Ein Hund, der sich immer freute, ihn zu sehen. Der mit dem Schwanz wedelte und ihm übers Gesicht leckte. Der einen wahren Freudentanz aufführte, nur weil er nach Hause kam. Stell sich das mal einer vor! Nur, weil er nach Hause kam. Mads musste lächeln. Aber das Lächeln gefror, als er wieder daran dachte, dass seine Eltern noch diesen blöden Wisch von der Schule unterschreiben mussten.

Er ging hoch in sein Zimmer und nahm ihn sich vor, steif und gewellt, wie er war. Egal. Er legte ihn vor die Tür, damit er daran dachte, ihn beim nächsten Mal mit runter zu nehmen. Dann startete er *Alles*. Er suchte sich Steffen als Spielfigur aus, und Sekunden später zoomte das Spiel ins richtige Haus und in Steffens Zimmer, wo Steffen immer noch regungslos auf dem Bett lag. Einen Moment lang glaubte Mads, er sei tot, aber dann klickte er auf den Fernseher, worauf Steffen aufstand und ihn einschaltete. Aber er sah nicht gut aus. Seine Augen waren ganz rot, die Haare völlig zerzaust. Er warf sich wieder aufs Bett, schien aber mit halbem Auge den Film im Fernsehen zu sehen.

Dann suchte sich Mads Caroline aus. Zoom. Caroline war mit Fie draußen.

Dann nahm er Karloff. Zoom. Karloff saß in seinem Zimmer und starrte auf den leeren Vogelkäfig.

Da hatte Mads auf einmal eine gute Idee. Er tippte den Namen seiner Dänischlehrerin ins Suchfeld ein. Es gab einige mit diesem Namen. Aber Mads wusste, wo sie wohnte, und so fand er schnell die richtige. Sein Herz schlug ganz besonders heftig, als er sie anklickte. Zoom. Da war sie. Saß im Lehrerzimmer und las irgendwelche Papiere. Um sie herum sah

Mads noch einige andere Lehrer. Zum Beispiel Bigum. Der stand da rum und sprach mit dem Rektor. Das war ja grauenhaft. Schlimmer als ein Horrorfilm. So viele Lehrer auf einem Haufen. Er beendete das Spiel und loggte sich stattdessen bei Counter-Strike ein. Er hatte keine Lust mehr auf Schule und alles, was damit zusammenhing.

28 Der Brief

»Hier«, sagte Mads und knallte den Brief vom Rektor vor seiner Mutter auf den Schreibtisch. Sie saß in ihrem Arbeitszimmer am Computer. Mads hatte sich überlegt, dass das der beste Zeitpunkt war, um seinen Eltern das Schreiben zu zeigen: während sie arbeiteten. Da waren sie nämlich nie ganz da. In der Regel war das auch der beste Zeitpunkt, sie um etwas Geld zu bitten.

»Was ist das?«, fragte sie, ohne das Papier anzusehen. Sie versuchte, sich auf irgendetwas auf dem Bildschirm zu konzentrieren.

»Ein Zettel von der Schule. Soll einer von euch unterschreiben.«

»Warum?«

»Ach, diese Frau Holst, die …« Mads hatte sich alle möglichen faulen Ausreden zurechtgelegt, aber jetzt, wo es ernst wurde, konnte er sich an keine einzige mehr erinnern. Und bevor er noch mehr sagen konnte, hatte seine Mutter den Brief schon durchgelesen.

»Da steht, dass du im Unterricht nicht aufpasst?« Sie sah ihren Sohn äußerst überrascht an. »Ich dachte, es läuft gut in der Schule?«

»Tut's ja auch. Die Frau Holst, die hat einfach …«

»Aber irgendwas muss doch dran sein, wenn sie dir sogar was Schriftliches mit nach Hause gibt.«

»Nein. Diese Frau Holst, die ist einfach total … sexistisch.«

»Sexistisch?«

»Ja. Die Jungen kann sie nicht leiden und die Mädchen können quasi überhaupt nichts falsch machen. Alle Jungs haben so einen Zettel mit nach Hause bekommen.« Das war eine der faulen Ausreden, die er sich ausgedacht hatte. »Ist wirklich kein Grund zur Aufregung.«

»Ich reg mich ja gar nicht auf, ich finde nur … «

»Unterschreib einfach, Mama.«

Sie streckte die Hand nach dem Kugelschreiber aus, aber im selben Moment kam ein akustisches Signal von ihrem Computer. Eine neue Mail. Ihre Hand schwebte über dem Kugelschreiber, während ihr Blick auf den Bildschirm gerichtet war. Sie war wie weggetreten.

»Mama?«

»Was?« Sie sah ihn an. Lächelte kurz. »Wir reden drüber, wenn dein Vater zu Hause ist.« Sie reichte ihm den Brief. »Okay?«

»Kannst du nicht einfach schnell … «

»Jetzt nicht, Mads. Ich habe hier gerade noch was ziemlich Wichtiges zu erledigen.«

»Okay«, seufzte Mads und ging zurück in sein Zimmer. Verdammt. Er war so dicht dran gewesen. Sein Vater interessierte sich eine ganze Ecke mehr für Mads' schulische Leistungen, das würde sicher Probleme geben. Der Abend konnte noch richtig unangenehm werden. Seine einzige Rettung wäre, wenn sein Vater viel zu müde nach Hause käme, als dass er noch über so was reden wollte. Mads schnippte mit den Fingern. Und wenn er jetzt dafür sorgte, dass sein Vater müde nach Hause kam?

29 Ein kleiner, unschuldiger Autounfall ↖

Zoom. Ole saß im Auto und wollte gerade rückwärts aus seiner Parklücke auf dem Krankenhausparkplatz fahren. Mads musste schnell handeln. Er ließ ihn ein vorbeifahrendes Auto rammen. Ole sprang aus seinem Wagen. Die Fahrerin des anderen Autos auch. Eine zierliche Frau mit langen blonden Haaren.

Mehr tat Mads nicht. Er beobachtete nur, was passierte, ließ Ole selbst entscheiden. Die Frau fing an zu weinen. Ole versuchte sie zu trösten und sagte, dass er selbstverständlich alle Schuld an dem Unfall auf sich nähme, weil er ja schließlich nicht richtig aufgepasst hätte. Er hätte wirklich keine Ahnung, wie das hatte passieren können. Der Schaden am Auto der Frau war deutlich größer als an Oles. Der vordere Kotflügel war so stark verbeult, dass er den Reifen blockierte. Ole versuchte mit aller Macht, den Kotflügel wieder auszubeulen. Vergeblich. Andere Leute kamen dazu und versuchten zu helfen, aber da war nichts zu machen. Sie mussten den Abschleppdienst rufen.

Ole bot der Frau an, sie nach Hause zu fahren, und sie nahm das Angebot an. Mads lächelte. Jetzt musste er nur noch darauf warten, dass sein Vater müde nach Hause kam, dann würde er die verdammte Unterschrift schon kriegen.

Alles war genau so gelaufen, wie Mads es gehofft hatte.

Wie einfach es doch war, in das Leben der anderen einzugreifen, es zu ändern. Mads sah auf die Uhr rechts oben auf seinem Bildschirm. Schon halb acht. Sein Vater war bestimmt nicht vor Viertel nach acht zu Hause. Müde, hungrig und ganz sicher nicht daran interessiert, lange über die Schullaufbahn seines Sohnes zu diskutieren.

Um acht Uhr saßen Mads und seine Mutter am Küchentisch beim Abendessen.

»Wo bleibt er denn bloß?«, seufzte Eva und versuchte noch einmal, ihren Mann auf seinem Handy zu erreichen. Es war immer noch ausgeschaltet. »Hoffentlich ist ihm nichts passiert.«

Mads sagte nichts. Mampfte bloß seine Brote.

Aber als es dann neun Uhr war und sie immer noch nichts von seinem Vater gehört hatten, fing auch Mads an, sich Sorgen zu machen. Er startete *Alles* und klickte auf den Namen seines Vaters.

Zoom. Ole war auf dem Weg zu seinem Auto. Er marschierte durch einen Garten vor einem weißen Haus. Ob da wohl die blonde Frau wohnte? Mads sah auf die Uhr. Sein Vater musste über eine Stunde dort gewesen sein. Er setzte sich ins Auto und fuhr los. Mads zoomte heraus, um einen Überblick darüber zu bekommen, wo sein Vater war. Die Frau wohnte offenbar in einer kleineren Stadt südlich von Århus. Bis sein Vater zu Hause war, würde noch mindestens eine halbe Stunde vergehen. Mads zoomte seinen Vater heran. Der schaltete gerade sein Handy ein und wählte eine Nummer. Mads hörte unten im Wohnzimmer das Telefon klingeln.

Als Ole nach Hause kam, war er in der Tat müde. Er erzählte von dem Unfall, aß ein bisschen und zeigte seiner Frau und seinem Sohn dann die Beule am Auto. Der Lack war nicht beschädigt, es bestand also keine Rostgefahr. Der Schaden musste nicht sofort behoben werden, sagte er. Als seine Mutter kurz auf der Toilette war, ergriff Mads die Chance und legte seinem Vater den Brief von der Schule vor. Ole sah kurz drauf und fragte, worum es da gehe. Mads wiederholte seine Erklärung, dass Frau Holst zurzeit total unmöglich war und allen Jungs so einen Wisch mit nach Hause gegeben hätte. Ole war mit Frau Holst noch nie ganz zufrieden gewesen. Hatte sich sogar mal mit ihr gestritten. Weswegen, wusste Mads nicht mehr. War jetzt auch egal. Die Hauptsache war, dass Ole jetzt nicht an Mads' Erklärung zweifelte.

»Die ist aber auch …«, nuschelte Ole und schüttelte den Kopf.

»Allerdings«, nickte Mads.

Ole brummte und unterschrieb. Eva hatte den Brief bestimmt schon längst wieder vergessen und Mads sah keinen Grund, noch mal mit ihr darüber zu reden. Er steckte den Zettel in die Schultasche und konnte mit einem Problem weniger ins Bett gehen. Und das nur wegen eines kleinen, unschuldigen Autounfalls.

30 Etwas Unglaubliches

Am nächsten Morgen gab Mads den unterschriebenen Zettel im Sekretariat ab und lächelte Frau Holst in der ersten Stunde selbstsicher an. Das fiel ihr wahrscheinlich gar nicht auf, aber Mads hatte ohnehin schon länger den Verdacht, dass sie eine Art Filter vor den Augen hatte, mit dem sie Jungs nur dann sah, wenn sie Blödsinn machten. Abgesehen natürlich von Asger, dem Schleimer. Den konnte sie überhaupt nicht übersehen. Der saß nämlich in der ersten Reihe direkt vor ihrer Nase und bohrte ihr immer fast die Augen aus. Er war wohl schon mit in die Höhe gerecktem Zeigefinger auf die Welt gekommen.

Steffen war nicht in der Schule. Mads sah ihn immer noch vor sich auf dem Bett liegen und weinen. Am Nachbartisch saß Caroline. Sie hörte zu, was Frau Holst sagte. Mads ließ den Blick weiterwandern zu Karloff. Er saß ziemlich breitbeinig und mächtig da und atmete schwer. Keiner von ihnen war glücklich. Alle hatten sie mit ihren jeweiligen Problemen zu kämpfen. Und nur Mads konnte etwas dagegen tun.

In der Pause kam Caroline zu ihm und setzte sich neben ihn. Ihre Lippen bewegten sich. Er nahm die Kopfhörer aus den Ohren.

»Gestern ist was Unglaubliches passiert«, wiederholte sie langsam.

»Lass mich raten«, sagte Mads. »Dein Vater hat gekündigt?«

Sie riss die Augen auf. »Woher weißt du das?«

»Was heißt denn hier wissen? Ich hab bloß geraten.«

»Ja, aber wie kommst du überhaupt darauf, das zu raten?«

»Keine Ahnung. Hab halt neulich, als ich bei euch war, irgendwie so was gespürt. Er hat irgendwas gesagt, was mich drauf gebracht hat.«

Caroline blickte Mads an, als würde sie ihn zum ersten Mal sehen. »Du bist echt gruselig.«

»Danke.«

»Vielleicht bist du ja doch nicht so ein Penner, wie alle sagen.«

Mads richtete sich auf. »Wer sagt das?«

Sie lächelte. »Na, fast alle. Also, komm, Mads, was glaubst du denn? In jeder verdammten Pause sitzt du hier mit deinen Stöpseln in den Ohren und lässt dich von dieser oberkranken Hardstyle-Kacke volldröhnen. Im Unterricht sagst du nie ein Wort. Du lebst und atmest nur für deine bescheuerten Computerspiele. Also, echt.«

Mads sagte nichts. Er steckte sich einfach wieder die Stöpsel in die Ohren.

»Nein, warte.« Caroline zerrte an den weißen Kabeln. »War nicht so gemeint. Tut mir leid.«

»Schon okay«, nuschelte Mads.

Sie stand auf und ging. Mads fragte sich, wieso er überhaupt in Erwägung gezogen hatte, ihr zu helfen. Jeder musste schließlich mit seinen eigenen Problemen fertig werden.

Es klingelte zum Pausenende und die Schüler bewegten sich in Richtung Eingangstür wie Badewasser Richtung Abfluss. Nur Karloff blieb stehen. Mitten auf dem Schulhof. Er sah hinauf in den grauen Himmel.

31 Ein verwundetes Tier

Während der Mathestunde schrieb Mads eine SMS an Steffen. Er antwortete nicht.

Auf einmal stand sein Mathelehrer neben ihm. »Was machst du da?«, wollte Bigum wissen.

Mads erschrak so heftig, dass er fast vom Stuhl fiel. »Nichts.«

»Gib mal dein Handy her.« Bigum streckte die Hand aus. Mads tat, was er ihm gesagt hatte. Bigum nahm das Handy mit nach vorne zum Pult und legte es in die Schublade. »Du kannst es nach Schulschluss beim Rektor abholen.«

Mads seufzte. Das wäre dann schon das zweite Mal heute, dass er im Sekretariat aufkreuzte. Nicht gut. Gar nicht gut.

Er musste sogar erst noch warten, bis der Rektor Zeit hatte. Er konnte ihn durch die Tür hindurch reden hören. Kurz darauf kam Herr Nielsen, der Hausmeister, heraus. Er nickte der am Computer tippenden Sekretärin kurz zu und verschwand. Dann streckte der Rektor den Kopf zur Tür heraus und ging zur Sekretärin.

»Herr Nielsen hat gerade gekündigt«, seufzte er resigniert.

»Was?« Die Sekretärin machte große Augen. »Warum das denn?«

»Er hat einen anderen Hausmeisterjob angeboten bekommen.«

»Aber das ist ja schrecklich. Er arbeitet doch schon so lange hier.«

Der Rektor nickte. »Jetzt müssen wir eine Stellenanzeige aufgeben. Ich habe wirkliche keine ...« Da sah der Rektor Mads. »Du schon wieder?«

»Tja«, sagte Mads und fuhr sich nervös übers Gesicht.

»Was ist denn dieses Mal?«

»Ich will mein Handy abholen.«

Der Rektor schüttelte den Kopf und zeigte auf seine Bürotür. Mads setzte sich auf den viel zu vertrauten Besucherstuhl vor dem Schreibtisch. Der Rektor nahm auf dem größeren, bequemeren Stuhl auf der anderen Seite des Schreibtischs Platz. Ganz langsam und vorsichtig, so, wie man sich in eine Wanne mit etwas zu heißem Badewasser setzt.

Der Rektor atmete einmal kräftig aus und hielt dann eine Rede darüber, wie wichtig es war, sich in der Schule anzustrengen und im Unterricht aufzupassen. Die übliche Leier, die man auch jederzeit von seinen Eltern hören konnte. Quasi auf Knopfdruck. Mads nickte und sagte immer an den richtigen Stellen »Ja« und »Nein«, bis er endlich mitsamt seinem Handy das Büro des Schulleiters verlassen durfte.

Er ging nicht direkt nach Hause. Er wollte eben bei Steffen vorbeigucken. Er steckte sich die Kopfhörer in die Ohren und hörte ein Stück, das »Root Of All Evil« hieß. Das Intro war ganz ruhig, mit ziemlich vielen seltsamen elektronischen Klängen, die sich dann rasend beschleunigten und von einem dumpf hämmernden Bass unterlegt wurden. Wie so oft bei

Hardstyle war es eine ziemlich geile Melodie, die von kreischenden Klängen unterbrochen wurde, die sich schmerzhaft in die Ohren bohrten, dem Stück aber auch Energie gaben – und dem Körper. Mads vergaß seinen Körper, wenn er Hardstyle hörte. Sein Körper verwandelte sich in Musik. Auch wenn er einfach nur in einem Wohngebiet in einem ruhigen Vorort herumlatschte. Wie musste das dann erst sein, wenn man auf einem Konzert oder bei einem Festival war? Das wollte er unbedingt mal ausprobieren. Aber dafür musste er bestimmt nach Holland, wo der Hardstyle herkam.

Mitten im Lied sah Mads weiter vorne eine große Gestalt. Karloff. Mads verschwand in einer Einfahrt und versteckte sich hinter der Hecke. Dann lugte er vorsichtig hervor. Karloff sah hinauf in jeden Baum, an dem er vorbeikam, und wirkte ziemlich verloren. Er sah fast aus, als trüge er eine Maske, die nicht im Geringsten an das Gesicht erinnerte, das man sonst von Karloff kannte. Oder war das jetzt sein wahres Gesicht und die fiese Fresse eine Maske? Mads huschte schnell über die Straße, als Karloff ihm den Rücken zuwandte, und verschwand über eine Seitenstraße. Er fand Steffens Haus und klingelte. Steffens Mutter machte auf.

»Hallo«, sagte Mads. »Ist Steffen zu Hause?«

»Nein, er ist auf dem Fußballplatz. Intensivtraining.«

Mads runzelte die Stirn. »Ja, aber … Beim Talent-Team und dem Wintertraining ist er doch nicht dabei, oder?«

»Jein. Erst haben sie ihm gesagt, dass er nicht mit dabei ist, aber dann haben sie noch mal angerufen und erzählt, dass ein Platz frei geworden ist. Und der Platz wird nach Austragung eines Trainingsspiels, an dem er teilnehmen darf, vergeben.«

»Super nice! Und wann findet das Spiel statt?«

»Samstag.«

»Na, dann grüßen Sie ihn bitte schön von mir«, sagte Mads und ging. Das waren ja großartige Nachrichten. Mads fasste sofort einen glasklaren Plan. Jetzt konnte er wirklich mal jemandem helfen, ohne dass es für jemand anderen gefährlich wurde.

Er beeilte sich, nach Hause zu kommen. Unterwegs sah er noch einmal Karloff, der stehen geblieben war und nach oben sah. Dann entdeckte er Mads. Sie starrten einander ein paar Sekunden lang an, und Mads war sich sicher, dass Karloff ihn gleich wieder überfallen würde. Tat er aber nicht. Karloff drehte ihm den Rücken zu und sah wieder hinauf zum Himmel. Mads freute sich. Fasste Mut. Ging auf Karloff zu und sagte: »Na? Suchst du die Sonne?«

Karloff sagte nichts.

Mads ging noch ein paar Schritte weiter auf ihn zu. »Da oben ist doch nichts weiter außer grauen Wolken«, sagte er. »Und ein paar Vögeln.«

»Wo?«, brach es aus Karloff hervor.

»Da«, antwortete Mads. »Aber das sind wohl bloß Möwen.«

Karloff brummte.

»Bist du unter die Vogel-Liebhaber gegangen, oder was?« Mads musste sich ziemlich beherrschen, um nicht laut loszulachen. Mann, dem Fettsack hatte er echt ordentlich einen reingewürgt.

Karloff drehte sich um und brüllte. Wie ein Bär. Mads machte einen Satz rückwärts und verkrümelte sich. Ihm ging durch den Kopf, dass ein verwundetes Tier so ziemlich das Gefährlichste war, was es gab.

Er setzte sich sofort an den Computer, startete *Alles* und suchte sich Steffen aus. Zoom. Steffen war auf dem Fußballplatz und trainierte. Allein. Er jonglierte gleich neben dem Strafraum mit dem Ball und schoss ihn dann Richtung Tor. Der Ball flog darüber weg. Zehn Bälle lagen neben Steffen bereit. Er nahm einen neuen, jonglierte mit ihm und pfefferte ihn geradewegs am Pfosten vorbei. Mads übernahm die Kontrolle. Er wollte nur eben ausprobieren, wie das funktionierte, und ließ Steffen erst in die Spielfeldmitte dribbeln, dann zur Seite und an der Linie entlang. Dann gab er den Ball kurz vorm Tor ab. Eine perfekte Vorlage. Jeder Stürmer würde ihn von dort problemlos in den Kasten hauen können. Steffen im Fußballspiel zu steuern war eigentlich ganz einfach. Fast wie bei *Fifa*. Er lenkte Steffen zu den Bällen, ließ ihn mit einem jonglieren und ihn dann mit Schmackes aufs Tor schießen. Er ging direkt unter der Latte rein. Steffen nahm sich noch einen Ball. Jonglierte, schoss ihn besonders hoch in die Luft, drehte sich mit dem Rücken zum Tor und donnerte das Leder mit einem Fallrückzieher in die obere Torecke. Der Ball zappelte im Netz. Mads jubelte. Steffen auch.

133 ▶▶

32 Schlechte Grafik

Nach dem Erfolg mit Steffen hatte Mads Blut geleckt. Er konnte das Spiel am Samstag kaum erwarten! Um sich die Zeit zu vertreiben, könnte er ja mal nachgucken, was andere Menschen so trieben. Sollte er sich vielleicht ein paar neue Spielfiguren aussuchen? Nein. Doch. Warum nicht? Er hätte nämlich zum Beispiel wirklich Lust, sich mal näher mit Anna und Clara zu befassen, weil er einfach nicht kapierte, was mit ihnen passiert war. Vor zwei, drei Jahren waren sie noch ganz normale Mädchen gewesen, dann hatten sie auf einmal angefangen, sich ein bisschen zu schminken, und dann ein bisschen mehr, und dann noch mehr – und jetzt waren sie kaum wiederzuerkennen. Das Blöde daran war, dass sie den ganzen Kleister gar nicht nötig hatten, weil sie auch ohne ziemlich gut aussahen. Was war bloß in sie gefahren? Mads und Lasse hatten oft gemeinsam drüber gerätselt, und er wollte das Rätsel endlich lösen. Jetzt hatte er die Möglichkeit. Er schrieb Annas Namen ins Suchfeld.

Zoom. Anna war mit Clara zusammen. Wie immer. Die beiden waren wie siamesische Zwillinge, nur dass sie nicht am Körper, sondern irgendwie mental zusammengewachsen waren. Sie standen in einem Laden – einem Klamottenladen, wie es schien – und sahen sich jede Menge Oberteile, Hosen,

Pullis und Taschen an. Gleichzeitig unterhielten sie sich, lachten, simsten und kauten Kaugummi. Anna nahm ein paar Oberteile mit in die Umkleide, während Clara zur einzigen Verkäuferin ging und etwas fragte. Mads sah, wie sich Anna die Jacke auszog und sie an einen Haken hängte, und ehe er es sich versah, hatte sie sich ihr Oberteil ausgezogen und stand im BH da. Mads' Mund wurde ganz trocken und er wusste, dass er jetzt eigentlich zum Hauptmenü zurückkehren sollte. Trotzdem tat er es nicht. Dann zog sie sich auch noch die Hose aus. Ihr Slip war so knapp, dass Mads Herzklopfen bekam. Er schlug die Hände vors Gesicht, spähte dann aber doch zwischen zwei Fingern hindurch.

Anna probierte mehrere Oberteile und Hosen an und zog dann wieder ihre eigenen Sachen über. Dann holte sie eine Zange aus der Tasche und schnitt im Handumdrehen die elektronische Warensicherung aus zwei der Oberteile, die sie anprobiert hatte, und einer Hose und stopfte die Sachen dann zusammen mit der Zange in die Tasche.

»Was geht denn jetzt ab?«, rief Mads und richtete sich auf. Anna schob den Vorhang zur Seite und spazierte in aller Seelenruhe aus dem Laden.

»Nein«, rief Mads. »Nein, nein, nein.« Das war nicht wahr. Da kam Clara aus dem Laden. Lachend schlenderten die beiden durch die Fußgängerzone. Sprachlos sah Mads ihnen zu. Da legte sich plötzlich eine Hand auf Annas Schulter. Sie drehte sich um und sah mit ängstlich aufgerissenen Augen die Verkäuferin aus dem Laden an, in dem sie gerade geklaut hatte. Auch Mads erschrak und zuckte auf seinem Stuhl zusammen.

»Darf ich mal in deine Tasche gucken?«, fragte die Verkäuferin.

Mads handelte blitzschnell. Er doppelklickte auf die Verkäuferin und brachte sie dazu, einen Schritt zurück zu machen. Er klickte rechts und dann blind auf eine der vielen Möglichkeiten im Menü. Die Verkäuferin fing an zu singen. Und zu tanzen. Mitten in der Fußgängerzone. Die Leute blieben stehen, versammelten sich um sie herum – und Anna und Clara verdrückten sich.

Mads atmete laut aus und lehnte sich zurück. Sein Herz raste. Das war verdammt spannend gewesen. Das echte Leben war gar nicht so langweilig, wie er immer gedacht hatte. Bisher hatte er Spannung immer nur im Computer gefunden. Als er zehn war, hatte seine Mutter mal gesagt, dass er nicht vor dem Computer sitzen sollte, wenn draußen so schönes Wetter war. Dass er lieber raus in den Garten gehen und da spielen sollte. Damals hatte er geantwortet, darauf hätte er keine Lust, weil die Grafik da draußen so schlecht sei. Jetzt musste er sich eingestehen, dass das echte Leben vielleicht doch spannender war, als er es sich in seiner wildesten Fantasie vorgestellt hatte. Und wie üblich, wenn er ein gutes Game gefunden hatte, verspürte er dieses Kribbeln im ganzen Körper, und er konnte einfach nicht genug davon kriegen. Er musste dann immer noch ein bisschen länger spielen, um zu sehen, was passierte. Und noch ein bisschen länger. Und noch ein bisschen länger. Er rutschte auf seinem Stuhl nach vorn, nahm sich die Maus und klickte.

Er hatte Lust, etwas mehr über Frau Holst zu erfahren. Zuerst überlegte er, ihr irgendwelche Probleme zu servieren. Das hatte sie verdient. Aber dann fiel ihm ein, dass sie dann in der Schule sicher nur noch unausstehlicher werden würde. Er musste jetzt clever sein. Sich das gut überlegen. Wie wäre es denn, wenn er etwas tun könnte, über das sie sich so richtig freute? Dann wäre sie doch bestimmt auch im Unterricht netter. Klar. Er schrottete seine Idee, sie sich in einen Obdachlosen verlieben zu lassen. War blöd gewesen.

Zoom. Frau Holst stand in der Küche und kochte, während zwei kleine Mädchen – waren das nicht Zwillinge? – ihr um die Beine herumkrabbelten. Die Mädchen waren noch nicht besonders alt. Sie konnten zwar stehen und laufen, aber sie sahen nicht viel älter aus als Mads' Cousine. Und die war zwei. Das eine Mädchen setzte sich unsanft auf den Boden und fing an zu weinen.

»Was ist denn?«, fragte Frau Holst und bückte sich. Sie schnupperte ein paar Mal und murmelte dann: »Oh, nein.« Sie richtete sich wieder auf und rührte in einem der Töpfe. »Du musst noch einen Moment warten, Emma, Mama kocht gerade.«

Da fing das andere Mädchen auch an zu weinen. Frau Holst sah müde aus. Sie schob die Töpfe von den Herdplatten, nahm Emma auf den Arm und mit ins Badezimmer, wo sie sie auf den Wickeltisch legte. Flugs kehrte Mads zurück ins Hauptmenü. Er hatte keine Lust, sich anzusehen, was die kleine Emma in ihrer Windel hatte. Er wartete fünf Minuten, dann klickte er wieder Frau Holst an. Sie war zurück am Herd. Jetzt heulte das andere Kind, das offenbar Mette hieß. War bestimmt nicht einfach, alleinerziehende Mutter von so kleinen Zwillingen zu sein. Der Vater dazu war vor einem Jahr ausgezogen. Hatte sich wohl eine andere angelacht. Seitdem war

Frau Holst nicht mehr die Alte gewesen. Plötzlich hatte sie sich von einer Lehrerin, die eigentlich ganz okay war, in die schrecklichste Lehrerin der ganzen Schule verwandelt. War vielleicht kein Wunder, aber musste sie denn ihre privaten Probleme an ihren Schülern auslassen? An Mads? Er schnippte mit den Fingern. Auf einmal wusste er ganz genau, was er für Frau Holst tun konnte. Die Idee, dass sie sich verlieben könnte, war gar nicht so dumm, die Frage war nur, in wen! Mads ging sämtliche Wohnungen in dem Gebäude durch, in dem Frau Holst wohnte. Ganz oben im vierten Stock wohnte ein Mann. Allein. Zumindest standen keine anderen Namen an der Tür. Er lag auf dem Sofa und sah fern. Mads fand, dass er ziemlich gut aussah. Groß und dunkelhaarig. Gut, die Nase war ein bisschen knollig, aber sonst? Und dann hieß er auch noch Elmer. Was war das denn für ein seltsamer Name? Der einzige andere Elmer, den Mads kannte, war Elmer Fudd aus *Bugs Bunny*. Mads klickte rechts auf Elmer, um etwas mehr über ihn zu erfahren. Er studierte Medizin. Das war doch praktisch. Ja, genau, das war sogar sehr praktisch. Aber zuerst musste Mads dafür sorgen, dass Elmer sich ordentlich anzog. Der sah ja aus wie ein Penner in dem völlig verwaschenen T-Shirt und der zerrissenen Jeans.

Mads ließ ihn aufstehen und sich umziehen. Er ließ ihn ein hellblaues Hemd und eine schwarze Hose anziehen. Dann ging Elmer ins Badezimmer und holte eine Packung Pflaster aus dem Unterschrank.

Zoom. Frau Holst war fast fertig mit Kochen. Die Kinder saßen in ihren Hochstühlen am Tisch. Jetzt musste Frau Holst nur noch etwas Gemüse klein schneiden. Zwei Möhren und eine viertel Gurke. Mads übernahm die Kontrolle. Ihr rutschte das Messer aus. Frau Holst schrie auf und hielt sich den linken Zeigefinger.

Zoom. Elmer war mit den Pflastern in der Hand auf dem Weg nach unten. In den zweiten Stock. Er klingelte. Wartete. Dann wurde die Tür geöffnet. Frau Holst hatte sich ein Geschirrtuch um die linke Hand gewickelt.

Mads lächelte und klinkte sich aus.

33 Gott ist Gamer

Er war Gott. Echt. Genau genommen war er Gott. Er konnte alles steuern! Nichts war unmöglich. Seine Klassenkameraden hatten sich im Frühjahr alle konfirmieren lassen – er nicht. Er hatte für sie, die jede Woche zum Pfarrer gelatscht waren, nur ein spöttisches Achselzucken übrig gehabt. Keiner von denen glaubte doch wirklich ernsthaft an Gott. Keiner. Und doch hatten sie am großen Tag alle in der Kirche gestanden und Ja und Amen gesagt und sich zu ihrem Glauben an Gott bekannt. Mann, was für ein Haufen Heuchler! In Wirklichkeit hatten sie doch nur möglichst viele Geschenke absahnen und ein großes Fest nur für sich haben wollen. Ersteres wohl noch am meisten. Geschenke hatte Mads aber auch bekommen. Einen neuen Computer. Ein richtiges Gaming-Monster. Damit war er ziemlich zufrieden gewesen. Und seine Eltern waren mega-erleichtert gewesen, dass sie kein großes Familienfest ausrichten mussten. Und jetzt stellte sich raus, dass der Pfarrer und alle Konfirmanden doch recht gehabt hatten. Gott gab es wirklich: Ein pickeliger Teenager, der in seinem Zimmer saß und alles kontrollierte. Mads lachte und schlug sich auf die Schenkel. Er hätte sich totlachen können.

»Gott ist Gamer«, sagte er laut vor sich hin. So einfach war das. Und genau wie jeder andere gute Gamer konnte er vom Spielen nicht genug kriegen. Jedes Mal, wenn er im Spiel ein Stückchen weitergekommen war, bekam er unbändige Lust, weiterzumachen. Das war Gamer-Logik. Aufhören unmöglich.

Mads klickte auf Karloff. Zoom. Karloff war auf dem Nachhauseweg. Er stieg in den Aufzug, fuhr hoch, schloss die Wohnungstür auf und ging hinein. Mads war ein einziges Mal bei Karloff zu Hause gewesen. Zu seinem Geburtstag. Zusammen mit den anderen Jungs aus ihrer Klasse. Als sie in der ersten Klasse gewesen waren. Karloff wohnte mit seiner Mutter in einem großen Wohnblock in einer winzigen Wohnung im fünften Stock. Vom Wohnzimmerfenster aus hatte man einen Wahnsinnsblick auf die Bucht von Århus. Weiter draußen konnte man klar und deutlich Mols sehen, und nach rechts lag Samsø wie eine Reihe knolliger Kartoffeln, die am Horizont balancierten.

Karloffs Mutter war jung. Sie hatte damals fast die ganze Zeit auf dem Sofa gesessen, Karloff herumkommandiert und die anderen Kinder angeschrien. Es war so langweilig gewesen, dass alle einfach nur wild durcheinandergerannt waren, mit Kissen und Essen um sich geworfen und sich schließlich geprügelt hatten. Ein ganz fürchterlicher Kindergeburtstag. Fanden alle. Vielleicht auch Karloff. Er hatte jedenfalls nie wieder zu seinem Geburtstag eingeladen und war auch nie bei einer Geburtstagsfeier der anderen erschienen. Inzwischen wurde er gar nicht mehr eingeladen.

Dunkel war es in der Wohnung. Karloff machte Licht an. Mads richtete sich entsetzt auf. Wie sah es denn bei denen aus? Ein totales Durcheinander, als sei eingebrochen worden.

Aber Karloff schien nichts weiter zu bemerken. Er stakste einfach über den ganzen Kram, der auf dem Boden lag, hinweg ins Wohnzimmer. Da hing Karloffs Mutter auf dem Sofa. Mads riss schockiert die Augen auf. Die sah ja fast aus wie tot. Hammerdünn und leichenblass, mit eingefallenen Wangen, fettigen Haaren und dunklen Ringen unter den Augen. Um sie herum lagen leere Pizzakartons, benutzte Teller und Tassen, leere Getränkedosen, diverse Tablettenschachteln und Kanülen. Zwischen den Fingern ihrer rechten Hand klemmte eine brennende Zigarette. Karloff nahm sie ihr vorsichtig ab und drückte sie auf einem der Teller aus. Karloff fasste seine Mutter an den Schultern und schüttelte sie sanft.

»Mama! Ich bin's, Karl. Du musst ins Bett.«

Sie murmelte irgendwas und öffnete halb die Augen. So etwas Unheimliches hatte Mads noch nie gesehen. Ihre Augen waren ganz weiß. Die Pupillen und alles waren ganz oben nur zu erahnen und im bläulichen Licht des Fernsehers sah sie aus wie ein Zombie. Ein Speichelfaden hing ihr von der Unterlippe und sie nuschelte etwas, das überhaupt keinen Sinn ergab.

»Mama, du musst ins Bett ... «, wiederholte Karloff und schüttelte sie ein bisschen fester.

Auf einmal kam Leben in sie. Ihre Augen richteten sich wieder gradeaus. Ihr Mund klappte zu. Sie wischte sich mit dem Handrücken über die Lippen, schob seine Hände weg und richtete sich auf.

»Ich bestimme immer noch selber, wann ich ins Bett gehe«, murmelte sie.

»Ja, okay, aber es wäre nett, wenn du nicht mehr beim Rauchen einschlafen würdest, das ist nämlich saugefährlich.«

»Du hast mir überhaupt nicht zu sagen, wann ich rauchen darf und wann nicht!«

Karloff nickte. »Also, ich geh jetzt ins Bett.«

»Hast du nichts für mich dabei?«, fragte seine Mutter.

Karloff nickte und schob die Hand in seine Gesäßtasche. Er holte ein paar Scheine heraus und reichte sie ihr.

Ihre Augen wurden noch schmaler als vorher. »Willst du mich verarschen? Hundertfünfzig popelige Kronen? Ist das alles?«

»Ja«, sagte er und ruderte mit den Armen.

»Und was, bitte, soll ich für hundertfünfzig Kronen kriegen?«

»Keine Ahnung«, sagte Karloff und ließ den Kopf hängen.

Einen Moment lang sah seine Mutter aus, als würde sie explodieren. Dann sank sie in sich zusammen und fing an zu schluchzen. Sagte nichts. Schluchzte nur laut und heftig. Karloff wandte sich ab, ging in sein Zimmer und schloss leise die Tür hinter sich.

34 Geschlechterrollen

Schnell kehrte Mads zum Hauptmenü zurück. Er war erschüttert über das, was er gesehen hatte. Kein Wunder, dass Karloff so war, wie er war, wenn der einzige Lichtblick in seinem Leben ein weißer Vogel namens Cora war. Und den hatte Mads davonfliegen lassen. Er krümmte sich. Wie konnte er den Vogel wiederfinden? Mads schrieb »Vogel Cora« ins Suchfeld. Kein Ergebnis. So, wie es aussah, konnte man mit dem Spiel keine Tiere steuern. Er probierte es aus, indem er Caroline anklickte. Sie saß in ihrem Zimmer und machte wohl Hausaufgaben. Zu ihren Füßen lag Fie. Mads klickte auf den Hund. Nichts passierte. Nein. Tiere waren nicht kontrollierbar. Was sollte er dann tun? Irgendjemanden dazu bringen, Karloff einen neuen Vogel zu kaufen? Vielleicht Karloffs Mutter. Das wäre doch einen Versuch wert.

Die Tür ging auf. Mads' Mutter streckte den Kopf herein. »Es ist halb zwölf. Wir gehen jetzt ins Bett. Meinst du nicht, dass es für dich auch langsam Zeit ist?«

»So spät ist es schon?«

Sie nickte.

»Okay«, sagte Mads. »Ich mach aus.«

»Gut. Gute Nacht.«

»Gute Nacht.«

Mads lag im Dunkeln und konnte nicht einschlafen. So viele Dinge gingen ihm durch den Kopf. Dinge, um die er sich kümmern musste. Interessante Sachen. *Alles* – und damit das echte Leben – war das coolste Game, das er je gespielt hatte. Vielleicht sollte er am nächsten Tag die Schule schwänzen, damit er sich um all die Dinge kümmern konnte, die er in Gang gesetzt hatte. Ja. Genau. Er würde am nächsten Tag schwänzen.

Aber daraus wurde nichts. Seine Mutter verkündete nämlich am nächsten Morgen, dass sie einen Homeoffice-Tag einlegen werde.

»Was?« Mads wurde richtig wütend. »Wieso das denn?«

»Weil ich den Artikel fertig schreiben muss.«

»Was für einen Artikel?«

»Na, den, an dem ich zurzeit schreibe.«

Mads seufzte – und ging in die Schule. Er hätte dafür sorgen können, dass seine Mutter doch zur Arbeit fuhr, wenn er nur fünf Minuten am Computer gehabt hätte. Aber er war etwas zu spät aufgestanden und seine Mutter hatte ihn keine Sekunde aus den Augen gelassen.

Steffen war auch in der Schule. Mads erzählte ihm, dass er das mit dem Testspiel am Samstag gehört hatte.

»Erzähl aber keinem davon«, flüsterte Steffen.

»Schon klar«, sagte Mads. »Um wie viel Uhr geht's denn los?«

»Um zehn.«

»Mach dich locker. Die wollen dich bestimmt haben.«

»Ach, jetzt halt doch mal die Klappe«, knurrte Steffen. »So sicher ist das nämlich gar nicht.«

Mads hielt den Mund, aber innerlich grinste er.

Frau Holst klatschte in die Hände, um die Aufmerksamkeit der Schüler auf sich zu lenken.

»Alle mal zuhören!«, rief sie. »Ich möchte, dass ihr euch alle zu zweit zusammentut. Wir werden heute an unserem Thema ›Glück‹ weiterarbeiten, und werden uns mal den Menschen und seine Lebensbedingungen genauer ansehen. Heute beschäftigen wir uns damit, welche Bedeutung die Geschlechterrollen für das Glück des Einzelnen haben, und darum möchte ich, dass sich immer ein Junge und ein Mädchen zusammentun.«

Allgemeines Protestgemurmel. Die Schleimer jubelten und fielen sich um den Hals. Damit hatte sich das erste Paar bereits gebildet. Mads sah sich um und begegnete Carolines Blick.

»Ging doch ganz gut mit uns, als wir den Aufsatz zu dem Theaterstück geschrieben haben«, sagte sie.

Hoffentlich hatte Frau Holst das nicht gehört, der Aufsatz war nämlich keine Gruppenaufgabe gewesen.

»Okay«, sagte Mads.

Kurze Zeit später hatten sich alle so umgesetzt, dass immer ein Junge und ein Mädchen an einem Tisch saßen. Wer hatte Karloff abgekriegt? Malene. Die Arme.

Frau Holst hielt einen längeren Vortrag über Geschlechterrollen und erklärte die Aufgabenstellung. Mads hörte nicht richtig zu. Er ging davon aus, dass Caroline das tun würde. Tat sie auch.

In der letzten halben Stunde sollten sie sich darüber unterhalten, was sie von Geschlechterrollen hielten.

Das Erste, was Mads Caroline fragte, war: »Wie geht's deinem Vater?«

Sie runzelte die Stirn und sah ihn etwas seltsam an. »Wieso fragst du?«

»Ja, ist er denn nicht froh?«

»Weil er gekündigt hat?«

»Ja.«

Sie schüttelte den Kopf. »Im Gegenteil. Er ist total seltsam. Meine Mutter macht sich ziemliche Sorgen um ihn. Und ich auch.«

»Ja, aber hatte er seine Arbeit denn nicht satt? Ich dachte, er hasste sie wie die Pest?«

»Ja, schon, aber was soll er denn jetzt machen? Er ist ja nicht mehr der Jüngste, und die Bankenwelt ist auch nicht mehr das, was sie mal war. Mein Vater hat Angst, dass er vielleicht nie wieder eine Arbeit findet.«

»Ach, natürlich findet er eine«, sagte Mads.

»Woher willst du denn das wissen?«

Mads antwortete nicht, und da sich Frau Holst im selben Augenblick näherte, stürzte er sich auf das eigentliche Thema. Den Rest des Vormittages schummelte Mads sich so durch. Er tat so wenig wie möglich. Dann endlich klingelte es zum Wochenende. Er beeilte sich, nach Hause zu kommen. Er hatte etwas Wichtiges vor. Er musste den Rest des Tages *Fifa* spielen, damit er am Samstagvormittag um zehn topfit war für Steffens Testspiel.

35 Viel besser als erwartet

Der Hardstyle wummerte aus den Lautsprechern und aus dem Subwoofer unterm Schreibtisch donnerte der Bass direkt in Mads' Rückgrat. Jetzt war er bereit. Bereit für Steffens Testspiel.

Es lief noch viel besser als erwartet. Den größten Teil des Spiels steuerte Mads Steffen. Er hatte ja den kompletten Überblick über das Spielfeld. Und so lief Steffen immer genau da hin, wo eine Lücke war, lieferte perfekte Vorlagen und stellte sich immer sehr klug auf. Am Ende des Spiels hatte Steffen vier Tore geschossen, zwei davon mit Fallrückzieher.

Der Trainer – ein großer Mann mit Stoppelbart – rief Steffen nach dem Spiel zu sich und eröffnete ihm, dass man ihn ins Talent-Team aufnehmen wollte. Steffen jubelte. Mads jubelte mit ihm und klickte sich dann zurück ins Hauptmenü. Er konnte allen seinen Freunden helfen. Genauso easy, wie er Steffen geholfen hatte. Er musste sich bloß entscheiden, wem er helfen wollte. Caroline stand ganz oben auf seiner Liste.

Zoom. Caroline legte Fie die Leine an und ging nach draußen. Sie hatte Gummistiefel an und Mads vermutete, dass sie zum Strand hinunterwollte. Sie winkte ihrem Vater zu, der in der Garage stand und aussah, als würde er nach irgendetwas suchen. Er winkte zurück und lächelte. Mads doppelklickte auf Erik Luxhøj. Er wollte wissen, was Carolines Vater machte. Er durchsuchte jede Menge Kästen. Eins der Icons am Bildschirmrand verriet Mads, dass Herr Luxhøj ein blaues Seil suchte. Okay. Mads zoomte heraus, damit er von oben in die Kästen reinsehen konnte. In einem der hintersten sah er das Ende eines blauen Seils. Er führte Herrn Luxhøj hin. Der nahm das Seil, wickelte es um seinen gebeugten Arm auf, machte einen Knoten drum und hängte es an einen Nagel an der Wand. Ach so, er war am Aufräumen. Mads lächelte. Alles war gut. Er würde schon dafür sorgen, dass alle glücklich wurden.

Zoom. Karloff stand an einem Spülbecken und wusch ab. Mads traute seinen Augen kaum. Wo war der Kerl überhaupt? Jedenfalls nicht zu Hause. Das sah eher aus wie eine Industrieküche mit großen Stahlspülbecken und einer enormen Spülmaschine, die Karloff ziemlich routiniert bediente. Ein Mann mit Schürze und weißer Mütze kam mit ein paar großen, metallenen Servierplatten und legte sie in eins der Stahlbecken. Karloff machte sich sofort daran, sie zu spülen. Er war bei einem Schlachter. Karloff arbeitete als Abwäscher in einer Schlachterei. Das hätte Mads nie gedacht. Und aus seiner Klasse hatte das bestimmt auch noch keiner gehört. Wo das wohl war? Mads zoomte etwas heraus. Ganz raus aus dem Gebäude und noch ein Stückchen weiter, bis er sehen konnte, dass die Schlachterei im nordwestlichen Teil der Stadt lag. Dann zoomte Mads wieder Karloff heran und sah ihm dabei zu, wie er mit den großen Metallplatten hantierte, als hätte er nie etwas anderes gemacht.

Mads ging durch den Kopf, dass er, wenn er es wollte, dafür sorgen könnte, dass Karloff innerhalb von fünf Minuten seinen Job los war. Nein, zwei. Was der Schlachtermeister wohl sagen würde, wenn sein Abwäscher mit dem Wasserschlauch Amok lief und mit allen möglichen Sachen um sich warf? Aber Mads ließ es bleiben. Karloff hatte es schon schwer genug. Aber wenn er allen Ernstes darauf bestehen würde, die Hälfte von Mads' Taschengeld zu bekommen, dann würde Mads schon dafür sorgen, dass er es bereute. Aber hallo.

36 Unsichtbare Fäden

Mads' Handy klingelte. Steffen.

»Die wollen mich im Talent-Team haben!«, rief er. »Du hättest mich mal sehen sollen, Mann! Ich war einsame Spitze! Es hat einfach alles geklappt! Vier Tore hab ich geschossen, zwei davon mit Fallrückzieher!«

»Wow!«

»Und hinterher hat der Trainer mich zu sich gerufen und gesagt, dass er so etwas noch nie gesehen hätte. Die waren total …«

»Herzlichen Glückwunsch«, sagte Mads. »Ich hab's ja gleich gesagt.«

»Ja, ja, man könnte fast meinen, dass du in die Zukunft gucken kannst. Ich muss jetzt auflegen. Wir wollen zur Feier des Tages essen gehen.«

Mads ging in die Küche, um eine Kleinigkeit zu essen. Er hatte Lust auf was Süßes, konnte aber nichts finden. Der Kühlschrank war wie immer halb leer, was ihn an den prall gefüllten Kühlschrank bei Caroline denken ließ. Das steigerte seinen Appetit nur, und letztendlich machte er sich eine Portion Haferflocken mit Kakao, Milch und Zucker. Im Haus war es viel zu still, als er in der Küche saß und aß, deshalb machte er das Radio an. Da lief gerade eine Sendung, in der kurze Ausschnitte von Liedern gespielt wurden, die die Moderatoren auf allen möglichen seltsamen Internetseiten gefunden hatten.

Jetzt stellten sie gerade eine neue Nummer vor. Mads hörte nicht richtig hin, aber als das Lied gespielt wurde, spitzte er die Ohren, weil es ihm bekannt vorkam. »Dying In Your Lap« hieß das Stück und wurde von einem einzelnen Mann gesungen und auf der Gitarre begleitet. War eine richtig gute Melodie. Mads lachte und lief nach oben zu seinem Computer, um sich das Lied auf seinen iPod zu laden. Der Musiker nannte sich »Street Moe«.

Das Lied war überhaupt nicht Mads' Geschmack. Viel zu lahm und peinlich, aber verdammt – schließlich hatte er es selbst geschrieben! Oder zumindest den Titel. Das war doch der Hammer. Wenn er diese Worte nicht geschrieben hätte, wäre das Lied sicher nie entstanden. Und jetzt war es schon mehrere tausend Mal heruntergeladen worden. In einem Online-Musikmagazin las er, dass es das am häufigsten heruntergeladene dänische Lied der letzten Woche war, und auch einige Blogger hatten darüber geschrieben. Auch das war also mit *Alles* möglich. Aus dem Nichts neue Stars erschaffen. Ob er sich auch selbst zu einem Star machen konnte? Nicht so einfach, schließlich konnte er weder singen, noch ein Instrument spielen, noch tanzen oder schauspielern. Er hatte überhaupt nichts an sich, das auch nur im Entferntesten Starqualität hatte. Nicht mal einen Handstand konnte er machen. Oder Fußball spielen. Er war total unsportlich, das musste er zugeben. Vielleicht war er aber auch einfach nicht dazu bestimmt, im Rampenlicht zu stehen. Vielleicht war er dazu bestimmt, hinter den Kulissen an unsichtbaren Fäden zu ziehen. Dafür zu sorgen, dass alles lief. Genau dazu konnte er *Alles* gebrauchen. Mit *Alles* konnte er dafür sorgen, dass die ganze Welt lief. Und bis jetzt lief das ja auch ziemlich gut, wenn er das mal so unbescheiden sagen durfte. Das Einzige, was bisher schiefgelaufen war, war die Sache mit dem Rocker und seinem tödlichen Unfall gewesen, aber andererseits … Auf einen Rocker mehr oder weniger kam es ja nun nicht wirklich an. Da gab es andere, um die es wirklich schade gewesen wäre.

Sonntagmorgen schien die Sonne in Mads' Zimmer und weckte ihn. Es war erst Viertel nach elf. So früh stand er sonntags sonst nie auf. Er versuchte, weiterzuschlafen, aber das klappte nicht. Er könnte ja einen Spaziergang machen. Zum Jachthafen in Egå. Vielleicht mit einem kleinen Pitstopp – so um die Mittagszeit herum. War ja schließlich Sonntag. Er lächelte und rieb sich die Hände. Genau. Er hatte Lust auf ein ordentliches Sonntagsessen.

Er saß auf der Bank am Strand und wartete darauf, dass Caroline mit Fie vorbeikam. Sie kam aber nicht. Nach einer halben Stunde beschloss er, die Sache selbst in die Hand zu nehmen und bei ihr zu Hause zu klingeln. Als Mads sich näherte, standen ziemlich viele Leute vor Carolines Haus. Er wollte gerade durch den Garten marschieren, als ein Mann ihm hinterherrief: »Hey, Moment mal, junger Mann! Was willst du?«

»Caroline besuchen«, antwortete Mads. Was ging das denn den Typen an?

»Das geht nicht«, sagte der Mann, und jetzt drehten sich alle zu ihm um. Warum guckten die denn so seltsam? Die eine sah aus, als hätte sie geweint.

»Und warum nicht?«

»Wer bist du?«, wollte ein anderer Mann mit Schnaps-
nase und roten Backen wissen. Skeptisch beäugte er Mads von
oben bis unten.

»Ein Klassenkamerad von Caroline. Ist was passiert?«

»Ja«, murmelte der Mann.

Mads wartete darauf, dass er noch mehr sagte, doch der
Mann schwieg.

»Jetzt sagen Sie schon, was passiert ist!«, rief Mads.
»Ich geh doch mit Caroline in eine Klasse.«

»Er hat sich aufgehängt«, murmelte der Mann.

Mads kapierte gar nichts. »Wer?«

»Erik«, sagte der Mann. »Carolines Vater.«

»In der Garage«, erklärte die Frau und zeigte in die entsprechende Richtung.

Mads warf einen Blick in die Garage. Auf dem grauen
Betonboden konnte er das blaue Seil sehen, mit einer Schlaufe
am Ende. Er schloss kurz die Augen und schwankte.

»Alles in Ordnung?«, fragte die Frau.

»Ja«, krächzte Mads und stolperte rückwärts. Dann
drehte er sich um und rannte, so schnell er konnte.

37 Zu kompliziert

Mads wusste hinterher gar nicht recht, wie er nach Hause gekommen war. Ihm schwirrten so viele Gedanken im Kopf herum. Er hatte einen Rocker umgebracht – aus Versehen – und jetzt auch noch Carolines Vater. Nein. Er versuchte, die Gedanken abzuschütteln. Nein, nein und nochmals nein. Er war das nicht gewesen. So etwas würde er doch nie tun. Aber frei von Schuld war er trotzdem nicht, schließlich hatte er ja dafür gesorgt, dass ihr Vater seinen Job kündigte – und das war der Grund gewesen, weshalb er sich dann erhängte.

Alles bedeutete etwas. Alles, was man tat und sagte, war von Bedeutung. Jede noch so kleine Handlung zog weitere Handlungen nach sich, die in das Leben anderer Menschen eingriffen und dessen Verlauf änderten. Und wenn es nur ein ganz kleines bisschen war. Aber manchmal reichte dieses kleine bisschen schon, damit sich jemand in seiner Garage erhängte.

Warum hatte er denn bloß Carolines Vater dazu gebracht, seinen Job zu kündigen? Weil Caroline sich das gewünscht hatte. Ihr Vater aber offenbar nicht. Oder vielleicht doch, aber … Nein, das war viel zu kompliziert. Ihm fiel ein Buch ein, das sie mal in der Schule gelesen hatten. Darin stand, dass man aufpassen sollte, was man sich wünschte, weil es womöglich in Erfüllung gehen würde. Das hatte Mads damals nicht verstanden. Was sollte denn schon gefährlich daran sein, dass man sich etwas wünschte? Jetzt begriff er es: Weil alles seinen Preis hatte.

Carolines Wunsch war schuld an allem. Das Problem war, dass er hätte wissen müssen, dass das, was sie sich da wünschte, nicht einfach irgendeine unbedeutende Kleinigkeit war. Seine Arbeit zu kündigen, war für die meisten Menschen eine ganz große, verdammt ernste Sache. Was hatte er sich bloß dabei gedacht? Aber Mads war ja bloß ein Junge. Vierzehn Jahre alt. Und weder auf der CD noch im Spiel selbst war ein Hinweis darauf, dass *Alles* nichts für Kinder und Jugendliche war. Da hätte eigentlich ein gelber Aufkleber mit »20+« draufgehört. Oder sogar besser »30+«, wenn Mads es sich recht überlegte.

Als er nach Hause kam, war seine Mutter in der Küche.

»Da bist du ja. Wo warst du denn?«, fragte sie.

»Bloß mit dem Fahrrad unterwegs.«

»Ole ist gerade weggefahren«, sagte sie. »Dienst.«

»Davon hatte er aber gar nichts gesagt, oder?«

»Nein, aber irgendjemand ist krank geworden, und Ole hat sich bereit erklärt einzuspringen.«

»Okay«, murmelte Mads.

»Möchtest du was essen?«

»Bloß etwas Obst«, murmelt Mads und schnappte sich eine Banane und einen Apfel. »Hab keinen großen Hunger.« Dann lief er schnell hoch in sein Zimmer und machte die Tür zu. Er legte den Apfel und die Banane auf den Schreibtisch neben die Tastatur.

Sein Computer stand da und sah ganz unschuldig aus. Mads spürte ein Kribbeln in den Händen. Traute er sich, den Rechner einzuschalten? Traute er sich, *Alles* zu starten? Mit trauen hatte das jetzt nichts mehr zu tun. Er musste. Er musste herausfinden, was er sonst noch für einen Mist gebaut hatte.

38 Cora

Zoom. Karloffs Mutter war hysterisch. Sie schrie und kreischte und warf mit irgendwelchen Sachen nach Karloff, der regungslos stehen blieb. Ein Aschenbecher flog direkt an seinem Kopf vorbei, ein großer Teller traf ihn hart gegen die Brust. Er zuckte nicht mal mit der Wimper.

»Du schaffst nicht mehr genug Geld ran!«, schrie sie. »Warum tust du mir das an?«

»Ich tu, was ich kann«, sagte Karloff, »aber … «

»Nichts aber! Du weißt genau, dass ich meinen Stoff brauche!«

»Aber Cora ist doch weggeflogen«, rief Karloff, als ein Glas an der Wand hinter ihm zersprang.

»Was interessiert mich dein beschissener Kack-Vogel? Was hat der mit meinem Stoff zu tun?« Erschöpft sank sie aufs Sofa.

»Ich hab ihn überall gesucht«, sagte Karloff. »Solange es nachts noch nicht friert, kann er da draußen überleben.«

»Vergiss den Geier«, murmelte sie und streckte die Hand nach der Zigarettenschachtel auf dem Couchtisch aus. »Der ist doch schon längst tot.«

»Cora ist nicht tot«, sagte Karloff mit fester Stimme.

Seine Mutter packte die Schachtel, schüttelte eine Zigarette heraus und zündete sie sich mit einem Wegwerffeuerzeug an. Ihre Hände zitterten. »Und warum kommt er dann nicht wieder?«

»Weil … er den Weg nicht finden kann.«

»Der krepiert vor Hunger«, sagte seine Mutter und blies Rauch in die Luft. »Und ich krepiere auch bald, wenn ich nicht kriege, was ich brauche.«

»Mama. Sag so was nicht.«

»Ist doch wahr«, jammerte sie. »Kannst du nicht in die Stadt fahren und mit Krogen reden? Der schuldet mir einen Gefallen. Ich brauch doch bloß … «

»Das habe ich schon versucht, Mama. Der will Geld. Sonst nichts.«

»Aber ich hab doch kein Geld«, murmelte sie.

»Ich auch nicht«, flüsterte Karloff. »Und zu essen haben wir auch nichts.«

»Scheiß doch aufs Essen«, zischte sie.

»Ich hab aber Hunger«, sagte Karloff.

Sie fing an zu weinen. Ihr ganzer Körper zitterte.

Karloff biss die Zähne zusammen. »Ich werd schon irgendwie Geld besorgen«, brummte er.

»Du musst dich beeilen«, sagte seine Mutter. »Mir geht's nämlich wirklich richtig beschissen und es wird immer schlimmer … «

Karloff ging in sein Zimmer, zog eine Schublade auf, holte ein Springmesser heraus und steckte es ein. Dann verließ er die Wohnung.

Zoom. Caroline und ihre Mutter waren in einem Haus, das Mads nicht kannte. Vielleicht bei irgendwelchen Großeltern. Jedenfalls ähnelte die alte Frau, die heulend das Gesicht verzog, sehr Carolines Mutter. Und Caroline. Sie waren bestimmt bei den Eltern von Carolines Mutter. Alle weinten. Caroline versuchte, ihre Mutter zu trösten, aber das war unmöglich. Mads hielt das nicht länger aus.

Zoom. Ole war nicht im Krankenhaus beim Dienst. Das sah Mads sofort. Er lag in einem Bett. Mads begriff nicht, was er sah. Seltsam. Dann entdeckte er die Frau, die neben seinem Vater im Bett lag. Sie war nackt. Sie war nur halb zugedeckt. Es war die Blonde vom Krankenhausparkplatz. Die, in deren Auto Mads' Vater hineingefahren war. Weil Mads das so gewollt hatte. Was sollte das denn, verdammt? Jetzt sah sie seinen Vater so merkwürdig an und rückte ganz nah an ihn heran. Strich mit der Hand über die Haare auf Oles Brust. Ole lächelte und drehte sich zu ihr um. Mads klickte sich ganz schnell wieder zurück zum Hauptmenü. Er hechelte und keuchte, als sei er gerade hundert Meter gerannt. Und er schwitzte. Jetzt lief ja wohl alles komplett schief. Er hatte überall nur Mist gebaut. Was sollte er bloß tun? Von den normalen Computerspielen war er es gewohnt, dass man immer dann, wenn etwas schieflief, einfach zurückkehren konnte an einen Checkpoint. An eine irgendwann zuvor gespeicherte Stelle, von der aus man dann wieder neu anfangen konnte. Und wenn man selbst dafür gesorgt hatte, mehrere dieser Checkpoints zu speichern, konnte man sogar noch weiter zurückgehen und sich so jedes Mal wieder aus der Affäre ziehen. So eine Funktion gab es in *Alles* aber nicht. Oder doch? Mads hatte ja noch gar nicht danach gesucht.

Er sah sich im Hauptmenü um. Sein Herz setzte kurz aus, als er fand, was er suchte. Da, direkt unter »Speichern«. Da stand »Savegames«. Aber Mads wusste ja, dass er bisher nichts gespeichert hatte, also würde da auch nichts zu finden sein – es sei denn, das Spiel hatte zwischendurch automatisch gespeichert. Er zitterte so heftig, dass er die Maus mit beiden Händen manövrieren musste, dann klickte er auf »Savegames«.

Und da fand er eine ganze Reihe gespeicherter Spielstände. Es sah ganz so aus, als würde *Alles* automatisch alle zwei Stunden den Spielstand speichern. Mads war so erleichtert, dass er von seinem Stuhl aufsprang. »Danke!«, rief er laut aus. »Danke, danke, danke!« Er küsste seinen Computer und klatschte erleichtert in die Hände.

Die Zimmertür ging auf. »Was ist denn los?«, fragte seine Mutter.

Mads lächelte so breit, dass sich sein Gesicht in zwei Hälften teilte. »Ich hab bloß gerade herausgefunden, wie ich die Welt retten kann.«

»Schön«, sagte seine Mutter. »Dann fahr ich mal eben schnell einkaufen.«

39 Savegames

Mads sah sich die Liste mit den gespeicherten Spielen an. Er könnte jetzt ganz weit zurückgehen, dahin, wo er den Musiker dazu gebracht hatte, das Lied zu schreiben, das womöglich ein Hit werden würde. Aber das war ja nun ein richtig gutes Beispiel dafür, wie er anderen Gutes tun konnte. Daran wollte er eigentlich nichts ändern.

Ob er wohl noch weiter zurückgehen und den SMS-Typen retten konnte, der vom Auto überfahren wurde? Er sah sich das erste gespeicherte Spiel an. Es war von einem Freitagabend. Logisch. Natürlich konnte er nicht weiter zurückgehen als bis dahin, wo er angefangen hatte. Das erste Mal, dass er jemandem Probleme gemacht hatte, war, als er den Rocker mit seinem Motorrad verunglücken ließ. Das musste er ändern. Mads war nicht wohl bei dem Gedanken, dass er seinen Tod verschuldet hatte, auch wenn er ein Rocker war. Er wollte gerade das gespeicherte Spiel aufrufen, als er zögerte. Ob er sich wohl an alles würde erinnern können, was passiert war? Wenn nicht, würde er ja womöglich nur wieder einen ähnlichen Fehler machen. Konnte er vielleicht irgendwie eine Nachricht an sein früheres Ich schicken? Und wenn ja, wie? Diese Frage war ihm zu kompliziert und deshalb riskierte er es einfach und klickte das gespeicherte Spiel an.

Der Apfel und die Banane, die neben der Tastatur lagen, verschwanden. Diverser Kleinkram auf seinem Schreibtisch lag und stand auf einmal woanders. Der Brief von der Schule, den seine Eltern unterschreiben sollten, lag wieder auf der Heizung. Mads wusste, dass er ihn abgegeben hatte. Er konnte sich an alles erinnern. An alles, was passiert war. Mit seinem Vater, mit Carolines Vater, mit Karloff und mit Cora.

»Cool«, flüsterte er. Jetzt würde er viel leichter Gutes tun können, denn jetzt wusste er ja, was noch kommen würde. All das, worauf er beim ersten Mal keinen Einfluss gehabt hatte, würde jetzt genau so noch einmal passieren. Jetzt wusste er, wie er reich werden konnte! Er sprang auf. Wenn er sich die Lottozahlen merkte, konnte er einen Tag zurückgehen, sich einen Lottoschein kaufen und die richtigen Zahlen ankreuzen. Jetzt wurde das Spiel wirklich richtig interessant! Er lehnte sich zurück und lachte. Dann klickte er auf Erik Luxhøj, nur um sicherzugehen, dass er noch lebte. Das müsste er ja eigentlich noch – und das tat er auch. Er saß an seinem Schreibtisch in der Bank und machte Überstunden. Außer ihm war keine Menschenseele mehr im Büro. Mads beobachtete ihn.

»Was willst du?«, murmelte Mads. »Was wünschst du dir?« Keine Antwort. Mads seufzte, beendete das Spiel und stand auf. Es roch nach Essen. Jetzt schon? Er sah auf die Uhr. Es war schon spät und plötzlich knurrte sein Magen. Was es wohl gab? Er ging nach unten und sah sofort, dass seine Eltern in Feierlaune waren. Sie hatten eine Flasche Wein geöffnet und das Radio eingeschaltet. Sein Vater hatte eine Schürze um und seine Mutter schnippelte irgendetwas.

»Hallo Mads«, sagte Ole, der ein volles Rotweinglas in

der Hand hielt. »Hast du schon von dem Artikel gehört, den deine Mutter untergebracht hat?«

Mads erinnerte sich an die Sache mit der Fachzeitschrift für Mediziner. »Klar«, antwortete er.

»Das ist wirklich großartig. Prost, mein Schatz.« Ole nahm sein Weinglas und prostete seiner Frau zu, die ihn anstrahlte und ihr Glas leerte.

»Heute gibt's Tournedos mit Salat und Ofenkartoffeln«, sagte Eva und lächelte ihren Sohn an, während ihr Mann ihr Weinglas auffüllte.

»Mit Kräuterbutter«, sagte Ole und zeigte auf die Glasschüssel, in der er gerade Butter mit Kräutern verrührte.

»Nice«, stöhnte Mads. Das war eins seiner Leibgerichte. Und jetzt würde er es zum zweiten Mal innerhalb kurzer Zeit serviert bekommen. Nicht schlecht.

Nach dem Essen wollte Ole – wie letztes Mal auch – gerne die Nachrichten sehen. »Könnte ja sein, dass etwas über eine gewisse Ärztin kommt, die gerade einen Artikel in einer gewissen amerikanischen Zeitschrift platziert hat«, sagte er und lachte über seinen eigenen Witz.

»Der wird doch erst in einem halben Jahr veröffentlicht«, sagte Eva.

Mads und seine Mutter aßen Milchreis. Fertig-Milchreis. Aus kleinen Plastikbechern. Mads verfolgte vom Esstisch aus die Nachrichten. Er konnte gar nicht anders. Aber da kam nichts über einen Unfall mit einem Rocker und auch nichts über eine Schießerei vor dem Rathaus. Und seine Eltern konnten sich auch ganz offensichtlich nicht daran erinnern, dass all das hier schon einmal passiert war. Für sie geschah das alles zum ersten Mal. So, wie es aussah, konnte sich nur der, der *Alles* steuerte, an die Vergangenheit erinnern, wenn neue Spielstände importiert wurden. Fett. Mads rieb sich die Hände. Das wurde ja immer besser.

Sein Handy brummte. SMS von Lasse: »Hey M brinst du chibs mit.«

Mads fasste sich an den Kopf. Das hatte er ja total vergessen. LAN bei Lasse. Er würde absagen. Heute konnte er einfach nicht dasitzen und sich darüber freuen, wie viele Leute er umgebracht hatte. Hey, Moment mal. Das hatte er letztes Mal gedacht, wegen dem Typen, der direkt vor seinen Augen überfahren worden war, und jetzt, wo Mads es sich recht überlegte, musste das ja heute gewesen sein. Vor wenigen Stunden. In dieser Spielspeicherung. Aber seither waren so viele andere Dinge passiert, dass er gar nicht mehr viel an den Unfall gedacht hatte. Vielleicht sollte er doch zum LAN zu Lasse gehen.

»Mama? Haben wir Chips?«

Sie nickte. »Hab grade welche gekauft.«

Mads antwortete Lasse: »Mach ich. Bis später.«

Sie spielten bis nachts um vier. Dann legten sie sich einfach irgendwo hin. Wer Glück hatte, fand eine Isomatte und einen Schlafsack, wer Pech hatte, lag halb auf dem Boden, halb auf den anderen.

Als Mads am nächsten Morgen aufwachte, klebten ihm nicht nur die Chipstüte, sondern auch ein paar Chipskrümel an der Wange. Er pulte die Krümel ab und aß sie. In der Tüte waren noch ein paar Chips. Die aß er auch, und dann sah er sich nach etwas zu trinken um. Ganz egal, was, nur keine Cola.

Von dem Zeug hatte er während ihrer Session mehr als genug getrunken. Die anderen rührten sich auch langsam.

»Mann, was machst du denn für einen Lärm, Alter?«, murmelte Lasse.

Mads knisterte mit der Chipstüte. »Aufstehen!«

»Wie spät isses denn?«, fragte Morten aus den Tiefen seines Schlafsacks.

»Gleich halb zwölf.«

Die anderen grunzten und seufzten. »Also, ich steh jetzt jedenfalls auf«, sagte Mads und kam auf die Beine. Er packte seine Klamotten, seinen Computer und seinen Bildschirm zusammen und ging nach Hause. Er war glücklich. Nichts von all den schlimmen Dingen, die vorher passiert waren, weil er in *Alles* Mist gebaut hatte, würde passieren. Er war frei. Ohne Schuld. Ganz gleich, was passierte.

Am Sonntag musste Mads immer wieder an den reichlich gedeckten Tisch denken, an den Caroline und ihre Familie sich mittags setzen würden. Er würde einiges geben, um wieder dabei sein zu können. In gewisser Weise war er ja noch nie dabei gewesen. Ja, gut, in einem anderen Spiel, aber jetzt hatte er ja eine ältere Version geladen, und in dieser Version hatte er noch nie bei ihnen gegessen. Und er wollte so gerne wieder dabei sein. Aber ohne die Hilfe von *Alles*. Er stopfte Regenklamotten in seinen Rucksack, schnappte sich sein Fahrrad und fuhr runter zum Strand. Sein Magen knurrte und das Wasser lief ihm im Mund zusammen.

Keine Spur von Caroline. Mads war sich sicher, dass er zu früh dran war. Er setzte sich auf eine Bank ganz oben zwischen den Heckenrosen und wartete. Zehn Minuten später kam Caroline mit Fie. Sie sah Mads nicht und war schon fast ganz an ihm vorbeigelaufen, als er sie rief.

»Hallo«, sagte sie. »Was machst du denn hier? Wartest du auf jemanden?«

»Auf dich«, antwortete er. Stimmte ja.

»Woher wolltest du denn wissen, dass ich jetzt hier vorbeikommen würde, he?«

»Ich wusste es halt.«

Sie lachte. »Du bist komisch.«

Er hob ein Stöckchen auf und warf es quer über den Strand. Fie rannte ihm hinterher.

»Und warum wartest du auf mich?«, fragte Caroline.

»Tu ich doch gar nicht. Das hab ich bloß so gesagt. Eigentlich wollte ich zum Jachthafen, aber heute wird daraus wohl nichts mehr.«

»Und warum nicht?«

»Weil es gleich regnet.«

»Meinst du?« Sie sah hoch zu den Wolken, die nicht besonders bedrohlich wirkten.

»Hundert Pro«, sagte er und lächelte breit. »Wenn wir jetzt losgehen, schaffen wir es haargenau noch bis zu dir, bevor es richtig schüttet.«

»Du gehst ja ganz schön zur Sache«, lachte sie.

Mads zuckte die Achseln. »Ich muss nur eben mein Fahrrad holen.« Es stand wenige Meter entfernt an einen Baum gelehnt.

40 Ein wichtiger Beruf

Carolines Mutter tauchte im Flur auf. »Hallo«, sagte sie und wirkte überrascht. »Hallo Mads.«

»Es hat angefangen zu regnen, ich wollte mich gerne unterstellen«, sagte er.

Carolines Mutter sah zum Himmel hinauf. »Ja, da braut sich wohl ein Gewitter zusammen.«

»Nein, das ist bloß mein Magen, der knurrt«, sagte Mads.

»Ach so. Hast du Hunger? Wir wollten gerade essen. Möchtest du mitessen, Mads?«

»Öh, ach … ja, gerne.«

Carolines Mutter ging ihnen voraus ins Esszimmer, wo für vier gedeckt war. Carolines Vater und ihre kleine Schwester saßen bereits. Carolines Vater stand auf und reichte Mads die Hand. Darauf war er dieses Mal vorbereitet und das Mittagessen verlief im Großen und Ganzen wie letztes Mal auch. Abgesehen davon, dass Mads dieses Mal das Gespräch auf die Themen Ausbildung und berufliche Zukunft lenkte.

»Ich überlege nämlich, später vielleicht mal in einer Bank zu arbeiten«, sagte Mads.

»In einer Bank?« Carolines Vater zog die Augenbrauen hoch.

»Ja. Das ist doch bestimmt wahnsinnig interessant.«

»Ich arbeite in einer Bank«, sagte Carolines Vater.

»Wow!«, rief Mads und griff sich an den Kopf, als könne er es nicht fassen. »Ist das nicht hammerinteressant?«

»Na jaaaa. Also …«

»Das ist doch ein total wichtiger Beruf«, begeisterte sich Mads.

Carolines Vater beugte sich nach vorn. »Wie kommst du darauf?«

Mads schluckte. Alle sahen ihn an. In was hatte er sich jetzt bloß hineingeritten? Was sollte er darauf antworten? Er hatte nicht die leiseste Ahnung von Banken. Aber hatte sein Vater nicht neulich irgendwas Schlaues dazu gesagt? Als es um die Finanzkrise ging? »Na ja, weil … Wenn die Banken nicht funktionieren, dann … funktioniert unser ganzes System nicht.«

»Da könntest du allerdings recht haben«, sagte Carolines Vater.

»Ja, aber, genau das hat uns die Finanzkrise doch gezeigt.«

Carolines Vater nickte und senkte den Blick, als wolle er lieber niemandem in die Augen schauen. Mads schoss durch den Kopf, dass Carolines Vater vielleicht in diesem Moment schon an das blaue Seil dachte. Mads hätte gerne noch mehr über Banken gesagt, aber er wusste nicht, was. Er würde ganz schön ins Schwitzen geraten, wenn Carolines Vater noch mehr darüber redete.

Sie aßen weiter und Mads versuchte, seine Sorgen zu verdrängen, indem er sich mit Heißhunger aufs Essen stürzte.

Auf einmal blitzte es. Carolines Mutter hatte ein Foto gemacht. Caroline sah wenig begeistert aus und legte ihre Serviette auf den Tisch.

»Danke, ich bin fertig«, sagte sie.

»Äh, ja. Ich bin auch fertig. Danke«, murmelte Mads. »Das war wirklich sehr lecker. Ich glaube, ich muss dann jetzt auch mal langsam wieder los.«

»Das glaube ich nicht«, sagte Carolines Vater und zeigte zum Fenster. Es regnete in Strömen.

»Kein Problem, ich habe Regensachen dabei«, sagte Mads. Dann würden ihm zwar der Schokoladenkuchen und die Milchbrötchen entgehen, aber das würde er wohl überleben. Er war wirklich satt.

Carolines Eltern machten ganz enttäuschte Gesichter. Caroline brachte ihn zur Tür und wartete, bis er sich die Regensachen übergezogen hatte.

»Soso. Du hast also Regensachen dabei. Dann hättest du ja gar nicht erst mit zu mir kommen brauchen.«

Mads grinste. »Ich wollte mir doch nicht so ein leckeres Sonntagsessen entgehen lassen.«

Aus großen Augen glotzte Caroline ihn an. »Jetzt hör aber mal auf damit, du wirst mir ja richtig unheimlich. Du konntest doch gar nicht wissen, dass … «

Carolines Vater tauchte auf. »Ist das dein Fahrrad?« Er zeigte auf Mads' Fahrrad, das vor der Garage stand.

»Ja.«

»Die Kette könnte doch sicher einen Tropfen Öl gebrauchen. Kleinen Moment mal eben.«

»Papa«, seufzte Caroline und verdrehte die Augen.

»Dauert doch nur zwei Minuten«, sagte ihr Vater und schlüpfte in ein Paar Clogs. Dann ging er hinaus in die Garage, holte eine Spraydose und sprühte die Fahrradkette mit Öl ein.

»Danke«, sagte Mads.

»Die Reifen könnten auch etwas mehr Luft vertragen«, stellte Carolines Vater fest, und ehe Mads es sich versah, waren beide Reifen prall aufgepumpt.

Das Fahrrad fuhr viel besser als sonst. Und das obwohl es regnete. Erst als Mads nach Hause kam, fiel ihm auf, dass Caroline ihm gar nicht angeboten hatte, ihm mit dem Aufsatz zum Theaterstück zu helfen. Er schlug sich mit der flachen Hand gegen die Stirn. So ein Mist. Jetzt musste er den ganzen Kram noch einmal machen. Wie lästig. Aber er konnte sich noch an das meiste erinnern, von daher konnte er den Aufsatz dieses Mal auch selbst schreiben. Er seufzte. Das war wirklich ein Riesennachteil davon, in der Zeit zurückzuspringen. Schon allein wegen dieses einen dämlichen Aufsatzes würde er das nicht öfter als unbedingt nötig tun. Aber es würde ja nicht nötig werden. Er hatte aus seinen Fehlern gelernt. Dieses Mal würde alles ganz anders und wie geschmiert laufen.

41 Massage

Drei Dinge durften dieses Mal auf gar keinen Fall passieren. Erstens: Mads' Vater durfte unter keinen Umständen der blonden Frau begegnen. Zweitens: Carolines Vater durfte sich nicht in der Garage erhängen. Und drittens: Karloff ... Tja, was mit Karloff? Der hatte ja eine ganz fürchterliche Mutter. Eigentlich müsste man an ihr etwas ändern, dann hätte Karloff es leichter. Und wenn Karloff es leichter hätte, hätten es bestimmt auch ganz viele Mitschüler leichter. Eins stand jedenfalls fest: Cora durfte nicht wieder durchs Fenster entwischen.

Der erste Punkt war ja wohl kein Problem. Mads durfte seinen Vater einfach nicht rückwärts in das andere Auto fahren lassen. Damit war das erledigt. Und mit Carolines Vater ganz ähnlich. Wenn Mads ihn nun nicht dazu veranlasste, zu kündigen, würde er sich auch nicht aufhängen – hoffte Mads. Die Sache mit Karloffs Mutter war da schon schwieriger. Denn ihre Probleme ließen sich nicht lösen, indem Mads *nichts* tat. Aber wie sollte er einen Junkie dazu bringen, die Finger von Drogen zu lassen? Das überforderte ihn. Wäre es nicht fast das Beste, wenn sie sterben würde? Nein. Er wollte die Probleme anderer Leute nicht lösen, indem er tödliche Unfälle herbeiführte. Da zog er eine klare Grenze. Er musste sich etwas anderes einfallen lassen.

An dem Abend, an dem er die Pizza holen sollte, machte er auf dem Hinweg einen Umweg und ging nicht durch die Unterführungen. Auf dem Rückweg steuerte er sie dann aber doch an. Da stellte sich ihm eine Gestalt mit Kapuzenshirt in den Weg.

»Hey, Karloff«, rief Mads sofort und hob die eine Hand zum Gruß.

Karloff zog sich die Kapuze vom Kopf. »Woher wusstest du, dass ich das bin?«

»Ich kenn dich doch. Und? Was treibst du hier?«

»Nichts«, murmelte Karloff. »Und du?«

»Ich hab Pizza geholt, aber jetzt hat gerade mein Vater angerufen und gesagt, dass er es nicht zum Essen nach Hause schafft. Wir haben also eine übrig. Hättest du Lust auf eine Pizza?«

»Ob ich Lust auf eine Pizza habe?« Karloff kam näher. »Ich hab immer Lust auf Pizza.«

»Dachte ich mir. Die ist mit Schinken und Paprika.«

»Mir doch lax«, murmelte Karloff.

Mads zog den Karton mit seiner eigenen Pizza aus dem Stapel und reichte ihn Karloff.

»Weißt du was? Neulich bei YouTube hab ich ein Video gesehen mit einem sprechenden Papageien. Im Ernst, der konnte alles Mögliche sagen und nachmachen. Und den Clip haben sich schon über zwei Millionen Leute angeguckt, total irre. Der Besitzer muss echt jede Menge Kohle damit verdient haben.«

»Mit einem Papagei?« Karloff klang interessiert. »Aber wie kann man denn mit einem Papageien Geld verdienen?«

»Also, der Clip war aus irgendeiner Fernsehshow. Ich glaub, man könnte Geld für so eine Nummer kriegen.«

»Und? Kennst du jemanden, der so einen Vogel hat?«

»Nee«, seufzte Mads und zuckte die Achseln. »Du?«

»Ich? Nein! Wie kommst du denn darauf?«

»Keine Ahnung. Hätte doch sein können. Ich kenne nämlich einen, der 'ne Videokamera hat, mit der man kleine Filmchen für YouTube aufnehmen könnte.«

Karloff schnaubte. »Damit verdient man doch kein Geld.«

»Man kann nie wissen.«

Karloff nickte. »Heutzutage hat doch fast jeder ein Handy, mit dem man so ein Video aufnehmen kann. Kann man doch einfach damit machen.«

Mads schüttelte den Kopf. »Da ist die Qualität nicht gut genug. Man muss das schon mit einer richtigen Kamera machen.« Mads hob die beiden Pizzaschachteln an. »Ich muss dann mal weiter. Sonst werden die noch ganz kalt.«

Karloff nickte und verschwand in die entgegengesetzte Richtung. Mads lächelte. Wenn man wusste, mit welchen Problemen die anderen kämpften, konnte man ihnen doch viel leichter helfen. Nur hatte man dann hinterher schon mal selbst ein Problem.

»Nur zwei?«, brummte Ole, als Mads nach Hause kam.

»Die eine ist mir runtergefallen.«

»Ach, Mads.« Seine Mutter seufzte.

»Meinst du etwa, ich hab das mit Absicht gemacht? Das war sogar meine!«

»Dann teilen wir uns die zwei eben zu dritt«, sagte Ole.

»Nein danke.« Mads rümpfte die Nase. Sein Vater be-
stellte nämlich immer Pizza mit Gorgonzola, und der stank
und schmeckte einfach grässlich, und seine Mutter liebte Pe-
peroni – nur leider in Kombination mit extra vielen Champi-
gnons und Oliven. Beides mochte Mads überhaupt nicht.

»Ich mach mir eben einen Toast«, sagte Mads.

Während des Essens sagte keiner was. Mads beobachtete heimlich seinen Vater und musste dauernd an die blonde
Frau denken, mit der er demnächst eine Affäre haben würde,
wenn er beim Ausparken ihr Auto rammte. Aber dazu würde
es nicht kommen. Schon seltsam, dass sich so etwas so leicht
ändern ließ. Der Unfall wäre ja nur ein Zufall. Würde dieser
Zufall auch dann dazu führen, dass sein Vater seine Mutter be-
trog, wenn er in seiner Ehe glücklich wäre? Da war sich Mads
nicht sicher. Dann beobachtete Mads seine Mutter. Sie hatte
nicht die leiseste Ahnung, die Ärmste. Aber tat sie eigentlich
genug für ihre Ehe? Tat sein Vater genug für sie und ihre Ehe?
Wie lange waren sie schon verheiratet? So um die fünfzehn
Jahre wohl. War das eine ganz normale Ehe? Seine Eltern
unternahmen ja nie etwas Schönes zusammen. Arbeiteten,
kauften ein, kochten, gingen ins Bett. Mads wusste, dass seine
Mutter nur mit Ohropax schlafen konnte, weil sein Vater so
laut schnarchte. Sie hatte schon ein paarmal davon geredet,
in Zukunft im Gästezimmer zu schlafen, es aber noch nicht
getan. Konnte man überhaupt miteinander verheiratet sein,
wenn man in getrennten Schlafzimmern schlafen musste?

»Hast du wieder Schmerzen?«, fragte sie plötzlich und
sah ihren Mann an.

Er nickte und fasste sich an den Rücken. »Hat heute

Nachmittag irgendwann ›knack‹ gemacht, als ich einem Patienten aus seinem Rollstuhl helfen wollte.«

»Soll ich dich ein bisschen massieren?«

»Wenn du Lust hast …?«

»Ja, klar.«

Normalerweise wäre Mads jetzt nach oben gegangen, aber dieses Mal blieb er sitzen und tat, als würde er in der neuesten Ausgabe von *Science Illustrated* lesen, während er in Wirklichkeit seine Eltern beobachtete. Sein Vater legte sich bäuchlings aufs Sofa, seine Mutter verteilte etwas Öl auf ihren Handflächen. Sie fing an, Oles Lende zu massieren, in aller Ruhe. Und sehr gründlich. Ole seufzte und sagte, es sei da, genau da.

Mads freute sich. So konnte eine Ehe also auch aussehen.

42 Der Gott und die Göttin

Es war total strange, sein eigenes Leben noch mal zu erleben. Mads konnte nicht anders, er betrachtete das Ganze wie ein großes Theaterstück – und er hatte bereits das Drehbuch gelesen. Er wusste, dass er sich einfach genau so benehmen sollte wie beim ersten Mal, dann würde auch alles ganz genau so laufen, aber es war auch ganz schön verlockend, sein Wissen ein bisschen auszunutzen. Wie zum Beispiel als er Caroline am Strand traf und schon genau wusste, was sie sagen würde, noch bevor sie es sagte. Und so kam es, dass Mads zu Morten lief, als zwei von den Fußballnerds in der Pause im Flur dribbelten. Morten schloss immer alle möglichen Wetten ab. Er ließ ganz schön viel Geld bei Sportwetten und Lotto und spielte auch ziemlich viel Online-Poker.

»Ich wette um zwanzig Kronen mit dir, dass die Idioten da im Laufe der nächsten zwei Minuten eine Lampe abschießen«, sagte Mads.

Morten dachte kurz nach. Dann schlug er ein. »Okay.«

Keine fünf Sekunden später passierte es.

Morten machte große Augen. »Woher wusstest du das?«

»Das war doch klar.« Mads streckte die Hand aus.

Morten legte ein Zwanzigkronenstück drauf. Mads

freute sich. Jetzt konnte er sich einen Kakao und ein Wurstbrötchen holen.

Die Aufsicht schmiss sie alle raus, aber kaum waren die Schüler draußen auf dem Schulhof, klingelte es auch schon zum Pausenende.

In der nächsten Pause sah sich Mads nach anderen Wettmöglichkeiten um, und vielleicht vergaß er deshalb, den Sicherheitsabstand zu den Puderdosen einzuhalten. Er wollte gerade an einem Pulk Mädchen vorbeigehen, als er mitkriegte, um wen sie sich versammelt hatten.

»Das ist ja der Hammer«, sagte Karen und befühlte den Ärmel von Claras neuem Oberteil. »Wie viel hat das gekostet?«

»Keine Ahnung. Preise interessieren mich nicht. Wenn ich was sehe, was ich haben will, kaufe ich es einfach.«

Die anderen Mädchen wurden förmlich grün vor Neid. Die beiden Puderdosen erinnerten an zwei Göttinnen, die von ihren Dienerinnen umgeben waren. Mads schüttelte den Kopf, als er an ihnen vorbeiging, und Anna musste das gesehen haben, denn sie rief ihm hinterher: »Was ist denn, Mads? Gefallen dir unsere neuen Klamotten nicht?«

Er wollte sich gerade die Kopfhörer in die Ohren stecken, zögerte jetzt aber.

»Keine Ahnung. Interessiert mich nicht«, sagte er und zuckte die Achseln.

»Keine Ahnung? Interessiert dich nicht?« Anna machte eine Bewegung mit dem Arm, und schon traten alle anderen Mädchen zur Seite, sodass sie auf Mads zuschreiten konnte. Der kam sich auf einmal ganz klein vor, obwohl er einen ganzen Kopf größer war als sie. Sie legte eine Hand auf seine Schulter, strich ihm liebevoll über den Hals, ließ die Hand dann auf seiner Brust ruhen und schmiegte sich an ihn wie ein Vogeljunges. Mads wurde rot. Auf einmal konnte er sehen, was sie war. Eine Göttin. Und *Alles* hatte ihn zum Gott gemacht. Sie passten perfekt zusammen.

»Du musst doch irgendeine Meinung haben«, sagte sie und lächelte ihn an. Doch dann schien sie zu vergessen, ihre Rolle als Göttin zu spielen und machte ein sehr ernstes Gesicht. Als ob sie wirklich richtig gerne seine Meinung hören wollte. Als ob er ihr etwas bedeuten würde. Als ob sie sich in einer Weise für ihn interessierte, die Mads nie für möglich gehalten hätte. Er hielt so lange die Luft an, bis ihm schwindelig wurde. Dann machte er den Mund auf und schnappte zwei Mal kräftig nach Luft.

»Ja … ja, natürlich«, stammelte er, »aber …«

Ihr Blick. Da war etwas in ihrem Blick. Etwas, das er seit Jahren nicht mehr gesehen hatte. Etwas, das da gewesen war, als sie damals, in der zweiten Klasse, auf Schulfreizeit gewesen waren und Anna ihn zweimal geküsst hatte. In dem Blick lag all das, was nicht in der vielen Schminke und auch nicht in den gestohlenen Klamotten lag. Vielleicht gab es doch noch Hoffnung für sie. Vielleicht war sie gar nicht die Bitch, die sie in den letzten zwei Jahren gespielt hatte.

Ihre Hand rutschte über seine Brust und seinen Hals und legte sich dann samtweich auf seine Wange.

»Schön«, brachte er nur flüsternd hervor, während er gleichzeitig merkte, wie ihm die Knie weich wurden.

»Was hast du gesagt? Ich hab dich nicht verstanden«, flüsterte Anna. Er konnte ihren Atem in seinem Gesicht spüren. Das machte ihn völlig fertig. Sie schaukelte von links nach rechts und er schaukelte mit, ohne dass er sich dessen bewusst war.

»Du bist schön«, sagte er. Etwas lauter. Laut genug. Im Bruchteil einer Sekunde verwandelte Anna sich wieder. Die samtweiche Hand an seiner Wange verpasste ihm eine Ohrfeige, das Lächeln aus alten Tagen verschwand und der besondere Ausdruck in ihren Augen war mit einem Mal Blinzeln auch weg.

»Mads Meganerd sagt, dass ich schön bin«, rief sie und drehte sich zu den Mädchen um, die wie gebannt stehen geblieben waren und die Darbietung beobachtet hatten. Jetzt brachen sie alle in schallendes Gelächter aus. Mads taumelte rückwärts. Ein paar von den Jungs kamen dazu. Anna erzählte mit einem breiten Grinsen, was passiert war und was Mads gesagt hatte. Mads drehte sich um, rannte den Flur hinunter und verzog sich im Schulhof in seine Ecke. Er stopfte sich die Kopfhörer in die Ohren und drehte die Musik voll auf. Das würden sie noch bereuen. Anna und Clara hatten mal so verschissen.

Langsam konnte Mads wieder normal atmen. Er ließ den Blick über den Schulhof schweifen. War irgendwo jemand, der ihn auslachte oder mit dem Finger auf ihn zeigte? Nein. Alles sah ganz normal aus.

Karloff stand an seinem üblichen Platz und beobachtete die anderen. Mads ignorierte er. Das war ein gutes Zeichen.

Es klingelte zur letzten Stunde. Mads hatte keine Lust, in

die Klasse zu gehen. Zwar stand seine Schultasche noch oben, aber das war ihm egal. Er wollte nach Hause. Als alle anderen sich in Richtung Schulgebäude bewegten, ging er in die andere Richtung. Und wäre fast mit Frau Holst zusammengestoßen, die gerade um die Ecke kam.

»Huch, Mads. Wo willst du denn hin?«

Mads versteifte sich und antwortete nicht.

»Es hat gerade geklingelt«, sagte sie. »Wir haben jetzt Dänisch. Komm.«

»Ich …«

»Du bist doch nicht etwa auf dem Weg nach Hause?«, fragte sie und kniff die Augen zusammen.

»Nein«, seufzte Mads und ging mit ihr rein.

43 Aufnahme

Die Stunde zog sich wie Kaugummi. Er saß da und dachte daran, wie Anna ihn genannt hatte. Mads Meganerd. So nannten sie ihn also hinter seinem Rücken? Er hatte das vorher noch nie gehört. War ja auch wurscht. Juckte ihn doch nicht. Sollten sie ihn doch nennen, wie sie wollten, war ihm doch scheißegal. Kaum klingelte es, sprang er auch schon auf und wollte zur Tür hinaus, doch Frau Holst packte ihn am Arm und zog ihn zur Seite, damit er nicht von den anderen überrannt wurde, die wie eine Herde wütender Büffel in der amerikanischen Prärie Richtung Ausgang drängten.

»Hast du eigentlich schon den Brief im Sekretariat abgegeben?«, wollte sie wissen.

»Ääh … nein. Noch nicht. Meine Eltern hatten so viel um die Ohren, deshalb … Aber ich geb ihn schon noch ab«, sagte Mads und beeilte sich, hinauszukommen. Wie war das noch mal mit Frau Holst und dem Medizinstudenten Elmer, der zwei Stockwerke über ihr wohnte? Er hatte ja dafür gesorgt, dass die beiden sich begegneten, aber war das in diesem Spielstand gewesen? Er würde gleich mal nachsehen, wenn er nach Hause kam.

Auf dem Nachhauseweg traf er Karloff. Fast sah es so aus, als hätte er bloß auf ihn gewartet. Mads' Herz setzte kurz aus.

»Ich hab nachgedacht über das, was du über den Papageien und YouTube gesagt hast«, sagte Karloff. »Was, wenn ich einen kenne, der einen Vogel hat, der so was kann?«

»Dann besorge ich die Kamera.«

»Und wie schnell kannst du die besorgen?«

»Schnell.«

»Sofort?«

»Ja. Wenn Lasse zu Hause ist.«

»Dann find das mal raus.«

Das klang wie ein Befehl. Mads holte sein Handy aus der Tasche und simste an Lasse, ob er vorbeikommen und sich die Kamera ausleihen könnte.

Zwei Sekunden später kam Antwort: »bin da kom einfach.«

»Ich kann sie jetzt holen«, sagte Mads.

»Okay. Dann mach das und komm hinterher zu mir.«

Mads nickte, drehte sich um und ging.

Mads hatte ein nervöses Kribbeln im Bauch, als er bei Karloff klingelte. Er hatte überhaupt keine Lust, diese Wohnung zu betreten. Hatte keine Lust weder auf Karloff noch auf seine Mutter. Aber manchmal gab es Dinge, die man einfach hinter sich bringen musste. Lasses Kamera lag in Mads' Schultasche und es würde nur wenige Minuten dauern, den kleinen Film aufzunehmen. Dann konnte Mads endlich nach Hause, an seinen Computer, zu *Alles*. Er hatte so viel zu erledigen. Musste sich um so viele Dinge kümmern. Eigentlich hatte er überhaupt keine Zeit für das hier. Aber die Sache mit dem Vogel war ja nun mal seine eigene Idee gewesen.

Die Tür öffnete sich. Sie quietschte.

»Komm rein«, brummte Karloff.

Mads schlüpfte in den Flur. Die Tür zum Wohnzimmer war zum Glück zu und es war ganz still in der Wohnung. Sie gingen in Karloffs Zimmer. Er hatte etwas umgeräumt, stellte Mads fest. Der Schreibtisch stand jetzt in der Mitte des Zimmers. Zwei Lampen beleuchteten ihn. Mitten auf dem Schreibtisch stand der Käfig mit dem Vogel.

Mads ging zum Käfig, steckte einen Finger zwischen den Gitterstäben hindurch und sagte: »Na, Coralein, wie geht's?«

Karloff packte ihn an der Schulter und riss ihn zurück.

»Sag mal, was machst du denn da, du Arsch?«

»Wie? Was? Was meinst du?«, keuchte Mads vor Schreck und Schmerz. Karloff zerquetschte ihm fast die Knochen in der Schulter.

»Woher weißt du, wie der Vogel heißt?«

»Ja, aber ... Das weiß ich doch gar nicht.«

»Und wieso hast du dann grad seinen Namen gesagt?«

»Seinen ... Heißt der etwa Cora?«

»So hast du ihn doch gerade genannt, oder?«

»Ja, aber doch nur, weil ... Also, so heißen doch viele Vögel. Meine ... meine Tante hat einen Vogel, der heißt auch Cora. Darum hab ich Cora gesagt.«

»Okay«, brummte Karloff und ließ Mads los. »Hast du die Kamera?«

»Ja, klar.« Mads setzte die Schultasche ab und holte die Kamera heraus. Sein Arm tat weh. »Und – äh ... ist das dein Vogel?«

Karloff antwortete nicht und Mads traute sich nicht,

noch mal zu fragen. Karloff war so unglaublich groß, das war richtig unheimlich. Und besonders glücklich sah er nicht aus. Aber dann öffnete er den Käfig, steckte seinen Wurstfinger rein und ließ Cora daraufhüpfen – und schon veränderten sich seine Gesichtszüge. Als würden sie schmelzen. »Ja«, murmelte er. »Cora ist mein Vogel. Und ich habe ihr alle Tricks, die sie kann, selbst beigebracht.« Er trug sie zu der Sitzstange auf dem Schreibtisch, ließ sie daraufhüpfen und setzte sich dann auf den Stuhl.

»Bist du bereit?«, fragte er.

Mads stellte die Lampen so um, dass sie Cora und Karloff direkt anstrahlten, und drückte auf Aufnahme.

44 Der Junge mit Bäumen auf den Schultern

Er war gar kein schlechter Gott, wenn er das mal so sagen durfte. Er hatte nur erst ein bisschen üben müssen. Klar. So war das mit allen Spielen. Und als »Dying In Your Lap« auf einmal überall und ständig im Radio gespielt wurde und an die Spitze der Top Ten schnellte – und zwar auch im Fernsehen, Street Moe hatte ein ziemlich witziges Video zu dem Song gemacht – war Mads regelrecht stolz auf sich. Das war sein Werk. Sein Song. Fast.

Er sorgte wieder dafür, dass Frau Holst und Elmer sich kennenlernten. Sie schnitt sich, er kam mit einem Pflaster. Mads war so euphorisch, dass er sich sogar daranmachte, den Aufsatz über das Theaterstück selbst zu schreiben. Was hatte er doch gleich zusammen mit Caroline geschrieben? Dass das Stück symbolisch zu verstehen war, dass es vom Tod handelte und davon, wie man tot sein konnte, obwohl man noch lebte. Was noch? Wie sollte er anfangen? Auf einmal klang das alles völlig falsch, und im Prinzip hatte er immer noch nicht begriffen, wovon das Stück handelte. Sein Blick fiel auf das Faltblatt vom Theater. Er strich es glatt und las:

»Eine der größten Gaben des Menschen ist seine Fähigkeit, sich zu wundern. Denn nur, wer sich wundert, öffnet sich seiner Umwelt und ist bereit, neuen, unbekannten Seiten dessen, was wir

gut zu kennen glaubten, zu begegnen. Erst wenn man sich wundert, ist man in der Lage, die Dinge von einer ganz anderen Seite zu sehen, sie neu zu entdecken, neu zu interpretieren. In der Welt des Theaters kann man sich ganz legal wundern und hinterher mit ganz neuem Blick zurück ins echte Leben gehen. Berührt, bereichert, inspiriert.«

Mads schlug sich mit der flachen Hand gegen die Stirn. Was für ein Gelaber. Was sollte er denn damit anfangen? Er zerknüllte das Faltblatt und warf es in den Papierkorb. Er musste das allein schaffen. Ganz allein. »Die Dinge von einer ganz anderen Seite sehen.« Leichter gesagt als getan. Wovon handelte das Stück? Vom Tod natürlich. Und darüber wollte er auch schreiben. Der Tod lauerte überall, gleich um die Ecke, die ganze Zeit und jeden Tag. Mads startete Word und fing an zu schreiben. Er kam nur langsam voran und schrieb insgesamt nur eine halbe Seite. Er seufzte.

»Jetzt muss ich das Ganze nur noch mal durchlesen und eventuelle Fehler korrigieren«, sagte Mads mit verstellter Mädchenstimme. »Unnötig!«, rief er dann mit tiefer Stimme und schlug auf den Tisch. Er war fertig! Der Aufsatz war fertig und Mads war fertig – mit dem Aufsatz. Dann lachte er wieder, und genau wie wenn man in einem Computerspiel eine Art Glückssträhne hatte, dachte er jetzt an den Brief, den er von seinen Eltern unterschreiben lassen sollte. Wo war der bloß? Er fand ihn unter dem Schreibtisch zwischen ein paar leeren Lakritztüten, einer Stinkesocke und einem abgeknickten Strohhalm. Er strich ihn, so gut es ging, glatt, und ging dann hinunter und legte ihn auf den Küchentisch. Seine Eltern saßen im Wohnzimmer. Der Fernseher lief. Hörte sich an, als kämen da gerade Nachrichten. Mads ging wieder nach oben an seinen Computer, zoomte seinen Vater heran, brachte ihn dazu, aufzustehen, in die Küche zu gehen und den Wisch zu unterschreiben. So. Alles geregelt. Und um seiner totalen Souveränität noch die Krone aufzusetzen, ließ er seinen Vater sogar noch mit dem unterschriebenen Zettel die Treppe hinaufgehen, an Mads' Tür anklopfen, warten, bis Mads »Herein« sagte, um dann bloß Kopf und Arm hereinzustecken und zu sagen: »Hallo Mads. Das ist wohl deiner, oder?«

»Ja. Danke.« Mads schnappte sich das Papier, sein Vater schloss die Tür hinter sich und ging wieder hinunter. Als Mads sich sicher war, dass sein Vater außer Hörweite war, konnte er sich nicht länger beherrschen: Er sprang mit Freudengeheul von seinem Stuhl auf und verfiel in irgendeinen selbst ausgedachten, völlig bescheuerten Siegestanz. Am nächsten Tag gab er den Brief in der Schule ab und fühlte sich unbesiegbar.

Einen Graffitimaler ließ er mitten in der Stadt an eine Giebelfassade schreiben: »Gott ist Gamer.« Er ließ Street Moe ein Lied schreiben, das »Gott ist Gamer« hieß, und sorgte dafür, dass sich die Nachrichtensprecherin Tina Johansen Karloffs Papageienfilm im Internet ansah. Mads hatte keine Ahnung, ob das etwas bringen würde, aber immer dann, wenn er jemanden dazu brachte, irgendetwas zu tun, betrachtete er das als ein Samenkorn, das er in die Erde legte. Nachts träumte er, dass ihm kleine Pflanzen aus Schultern und Haaren wuchsen. Kleine, spiralförmige Keimlinge, die sich wie Farn auseinanderrollten und zu einer richtigen Wildnis wurden. Auf einmal wuchs aus beiden Schultern je ein riesiger Baum, aber das schien ihn nicht weiter zu stören. Im Gegenteil. Er war stolz darauf und alle bewunderten den Jungen mit den Bäumen auf den Schultern. Es war ein schöner Traum, und als er aufwachte, schoss ihm in den Kopf, dass es letztlich genau darum ging. Bewundert zu werden. Das war es doch, wovon alle Menschen träumten, oder?

Eigentlich hatten sie jetzt Dänisch, aber Frau Holst, sonst immer superpünktlich, war noch nicht da. Im Handumdrehen herrschte die reine Anarchie in der Klasse. Jemand warf mit irgendwelchen kleinen Kugeln, zwei der Jungs rannten hintereinander her und stiegen über Taschen, Stühle und Tische. Die Puderdosen saßen an ihren Plätzen und steckten die Köpfe zusammen, die Schleimer saßen ebenfalls an ihren Plätzen, steckten die Nase ins Dänischbuch und bereiteten sich auf den Unterricht vor. Lasse schubste Mads und fing an, ihm von einer ganz besonderen, seltenen Waffe zu erzählen, die er in einem Computerspiel bekommen hatte.

Dann kam Frau Holst zur Tür herein und sie konnten alle sofort sehen, dass etwas nicht in Ordnung war. Sie sah völlig verändert aus. War das überhaupt Frau Holst? So klein. So blass. Sie ging zum Pult und blätterte in den Papieren, die darauf lagen. Dann klatschte sie zwei Mal und es wurde ruhig in der Klasse.

»Setzt euch«, sagte sie. Selbst ihre Stimme klang nicht mehr so kreissägenhaft wie sonst. »Es ist etwas ganz Schlimmes passiert. Ich habe es selbst gerade erst erfahren.«

In der Klasse wurde es mucksmäuschenstill. Mads fiel auf, dass Caroline fehlte. Ansonsten waren sie vollzählig.

»Es geht um Carolines Vater«, sagte Frau Holst. »Er ist … Er hatte einen Verkehrsunfall und … und er ist … o Gott, das ist so schrecklich … Er ist leider tot.«

Die Schüler fingen wieder an zu reden. Manche stellten Fragen, manche fluchten, manche weinten, alle waren schockiert. Mads biss die Zähne zusammen. Das konnte ja wohl nicht wahr sein. Das konnte er einfach nicht zulassen.

»Wann ist das passiert?«, fragte Mads.

»Gestern Nachmittag auf dem Nachhauseweg von der Arbeit«, antwortete Frau Holst. »Wenn ich das richtig verstanden habe, ist ein Motorradfahrer über eine rote Ampel gefahren und hat den Unfall verursacht.«

Mads fluchte innerlich. Was war denn bloß los mit dem Mann? Wieso konnte er nicht auf sich aufpassen? Na gut, wenn er das nicht selbst konnte, musste Mads das eben tun. Er stand auf.

»Wo willst du hin?«, fragte Frau Holst.

Mads antwortete nicht. Er stieß die Tür auf und rannte los, bevor ihn jemand aufhalten konnte. Er rannte durch die leeren Gänge, die Treppe hinunter und den ganzen Weg bis nach Hause, wo er in sein Zimmer lief und *Alles* startete.

45 Ein ganz normaler Film

Caroline, ihre Mutter und ihre kleine Schwester saßen da und weinten zusammen mit diversen anderen Leuten, die Mads nicht kannte. Er fand heraus, dass er in den einzelnen gespeicherten Spielen vor- und zurückspulen konnte, sogar in die Zukunft, wie bei einem ganz normalen Film. Die Kamera folgte der Person, die er angeklickt hatte. Mads spulte zurück zu der Zeit vor dem Unfall und beobachtete Carolines Vater, der sich ins Auto setzte und losfuhr. Da kam der Motorradfahrer, der über die rote Ampel fuhr, und Carolines Vater riss das Steuer nach links, um ihm auszuweichen. Leider fuhr er mit voller Geschwindigkeit frontal gegen einen Laternenmast, der sich durch den Wagen fräste. Mads klickte schnell auf den Motorradfahrer, der einfach weiterfuhr, als ob nichts passiert wäre. Mads traute seinen Augen kaum, als er sah, wer das war: Der Rocker, den Mads schon einmal gekillt hatte, als er am Christian-Filtenborgs-Platz in einen Lkw gerast war. Aber dann hatte er ihn doch wiederbelebt, weil er einfach kein Menschenleben auf dem Gewissen haben wollte. Und was passierte dann? Der Vollidiot brachte aus Versehen Carolines Vater um!

Mads spulte zurück bis vor den Unfall. Beobachtete den Rocker, wie er aufs Motorrad stieg und durch die Stadt fuhr. Mads doppelklickte auf den Rocker und ließ ihn zum Hafen fahren und das Motorrad direkt an der Kaimauer abstellen. Dann ließ er ihn absteigen und so kräftig gegen das Motorrad treten, dass es umkippte und ins Hafenbecken fiel. Mads lehnte sich zurück und atmete aus. Er hatte das Gefühl, die letzten fünf Minuten die Luft angehalten zu haben. Mindestens. Aber er hatte ein Menschenleben gerettet. Das Leben eines Menschen, den er kannte.

Er überließ den Rocker wieder sich selbst und klickte auf Carolines Vater, der sich mit seinem Auto der Ampelkreuzung näherte. Er hatte Grün und überquerte unfallfrei die Kreuzung. Um sicher zu sein, dass er gut nach Hause kam, folgte Mads ihm noch ein bisschen. Sah ihn auf den Parkplatz des Einkaufszentrums fahren, in den Supermarkt gehen, wo er ein bisschen einkaufte – und Mads' Mutter Eva traf. Mads lächelte. Das hatte seine Mutter ihm gestern ja gar nicht erzählt, als es zum ersten Mal passiert war … Ach, nein, Quatsch, das war gestern ja gar nicht passiert. Gestern um diese Zeit war Carolines Vater tot gewesen. Gestern gab es so gar nicht mehr. Mads hatte es ja geändert. Das alte Gestern. Das hier war das neue Gestern. Das neuere und bessere. Worüber redeten die beiden? Er zoomte ganz nah an sie heran.

»… ja, aber ich fürchte, dass Mads sich auf so etwas überhaupt nicht konzentrieren kann«, sagte seine Mutter.

»So geht's ja wohl vielen Jungs«, antwortete Carolines Vater. »Aber ich habe gehört, dass er Caroline geholfen hat, als sie mit dem Fahrrad vom Theater zurück zur Schule gefahren sind und so starken Gegenwind hatten.«

»Theater?« Eva schüttelte den Kopf. »Davon hat Mads gar nichts erzählt.«

»Hm. Na ja, also jedenfalls hatten sie Gegenwind, und Caroline ist ja nicht so kräftig und da hat Mads sie einfach den ganzen Weg zurück zur Schule angeschoben.«

»Na, so was«, sagte Eva und sah richtig stolz aus. »Das freut mich aber zu hören.«

Mads zoomte wieder heraus und lehnte sich in seinem Stuhl zurück. Mann, war das ein heftiges Spiel, dieses *Alles*. Das echte Leben. Auf einmal wusste er, wie er das Spiel einsetzen konnte, um ein richtig tolles Leben zu haben. Damit konnte er sich ja jede Ausbildung und jeden Job besorgen. All die Hindernisse, die anderen Menschen das Leben schwer machten, konnte er für sich aus dem Weg räumen. Und für andere. Wie zum Beispiel für Carolines Vater, der etwas Brot, Gemüse und Fleisch eingekauft hatte und jetzt wieder im Auto saß. Mads ließ ihn zur Schule fahren und auf dem Schulparkplatz parken, wo außer dem Wagen des Rektors noch zwei, drei andere standen. Mads lenkte Carolines Vater die Treppe hinauf zum Rektorat.

Die Sekretärin war schon weg. Auf dem Tresen lag ein Entwurf für eine Stellenanzeige für einen neuen Hausmeister. Mads ließ Herrn Luxhøj das Papier an sich nehmen und an die Tür des Rektors klopfen. Dann zog sich Mads zurück. Er zoomte so weit hinaus, bis er die gesamte Erdkugel vor sich auf dem Bildschirm hatte, wie sie im schwarzen All schwebte. Er drehte sie.

Unsicherheit war das, was die Menschen auf der Welt am unglücklichsten machte, hatte Frau Holst mal gesagt. Mads war nicht unsicher. Er hatte keine Angst mehr. Vor gar nichts.

46 Das Raubtier

Hoch konzentriert saß Mads vor dem Computer, als er ein Geräusch vor seiner Tür hörte. Flugs drückte er auf Alt und Tab und schickte damit das Spiel in den Hintergrund, während Word nach vorn rückte und es so aussah, als würde er Hausaufgaben machen. Die Tür ging auf und seine Mutter streckte den Kopf herein.

»Was machst du?«, fragte sie.

»Hausaufgaben«, antwortete Mads.

»Aha.« Sie klang überrascht. »Was hast du denn auf?«

»Dänisch. Muss einen Aufsatz schreiben.«

Mads hatte seine Eltern schon so oft mit der Alt-Tab-Tastenkombination an der Nase herumgeführt. Nahmen die ihm wirklich ab, dass er so oft Hausaufgaben machte?

»Bis morgen?«, fragte sie und strich ihm übers Haar. Sie lächelte. Mads konnte das nicht ausstehen. Früher hatte es ihm gefallen, aber in letzter Zeit nervte das echt total.

»Nein, aber so einen Aufsatz schreibt man ja nicht einfach mal eben so runter und darum wollte ich auf jeden Fall rechtzeitig damit anfangen.«

Seine Mutter lächelte. »Du wirst wirklich immer … «

»Immer was?«

»Ich weiß auch nicht. Immer reifer.« Die Situation

grenzte jetzt irgendwie ans Peinliche. »Aber eigentlich bin ich reingekommen um zu fragen, ob wir heute Abend mal alle drei zusammen einen Film gucken wollen?«

»Einen Film?« Mads traute seinen Ohren kaum. Das war Ewigkeiten her, seit sie zusammen einen Film geguckt hatten. Wie kamen seine Eltern denn jetzt plötzlich auf die Idee? Darauf waren sie doch gestern nicht gekommen – also, alt-gestern. Kam das daher, dass seine Mutter Carolines Vater getroffen und er ihr erzählt hatte, dass Mads Caroline neulich den ganzen Weg auf dem Fahrrad angeschoben hatte? Könnte sein. Mads hatte ja inzwischen gelernt, dass selbst die kleinsten Änderungen große Auswirkungen darauf haben konnten, was passierte. »Nice. Welchen?«

»Komm mit nach unten, dann reden wir drüber.«

Mitten auf der Treppe blieb Eva stehen. »Ich habe heute übrigens jemanden getroffen, den du kennst.«

»Aha«, sagte Mads und tat, als wüsste er nicht, von wem sie redete.

»Diesen großen Typen aus deiner Klasse, wie heißt er noch? Karl?«

Überrascht zuckte Mads zusammen. »Nein. Carolines Vater. Herrn Luxhøj.«

»Ja, den hab ich im Supermarkt getroffen, bevor ich Karl traf. Woher weißt du das?«

»Äh … Caroline hat's mir gesimst.«

»Aha. Na ja, also, was ich sagen wollte, war, dass Karl sehr höflich und ruhig war. Ich hatte ihn sehr ruppig in Erinnerung.«

Mads schwieg.

»Aber irgendwie war das komisch, weil er nämlich irgendwas vom Vogel deiner Tante oder so faselte und ich hab überhaupt nichts kapiert.«

Mads wurde es von den Haarwurzeln bis zu den Zehennägeln eiskalt.

»Da hab ich ihm gesagt, dass er etwas komplett falsch verstanden haben muss, weil deine Tante nämlich nie im Leben einen Vogel gehabt hat, da sei ich mir hundertprozentig sicher.« Sie lachte. »Aber er hat einfach immer weitergeredet von einem Vogel namens Cora oder so – ist das nicht seltsam? Als ob er mir einfach nicht glauben wollte. Wirklich merkwürdig. Hast du ihm denn irgendwas in der Richtung erzählt?«

»Äh ... das ... glaube ich kaum. Aber Karl ist manchmal ein bisschen schwer von Kapuze.«

»Was meinst du ...? Ach so. Ja, stimmt, der Hellste war er noch nie.«

Als sie ins Wohnzimmer kamen, war Mads' Vorfreude auf einen gemütlichen Familienabend verpufft. Er hatte nur noch eins im Kopf: Er musste an seinen Computer kommen und herausfinden, ob Karloff ihn durchschaut hatte. Und wenn ja, was er jetzt vorhatte. Vielleicht war es das Beste, gleich einen der älteren Speicherstände zu öffnen und dafür zu sorgen, dass sich seine Mutter und Karloff nicht über den Weg liefen. Aber er hatte keinen Nerv. Nicht, weil es schwierig gewesen wäre, mal eben in der Zeit zurückzuspringen, sondern weil es ihm schwer fiel, sich zu merken, was in dem Spiel, in dem er sich gerade befand, eigentlich passiert war und was nicht.

»Was wollen wir gucken?«, fragte Ole. Er machte nicht

den Eindruck, als würde er sich auf den Filmabend mit seiner Familie freuen. War die Idee also auf Evas Mist gewachsen?

»Könnt ihr nicht eben zur Videothek fahren und gucken, was die haben?«, fragte Eva. »Dann mache ich in der Zwischenzeit schon mal Kaffee und bereite alles vor.«

»Okay«, sagte Ole. »Komm, Mads.«

»Aber bitte keinen Splatterfilm und auch sonst keine Gewalt … Orgien oder so«, sagte Eva.

»Nein, nein«, brummte Ole. »Aber auch keine romantische Komödie. Oder was meinst du, Mads?«

»Was?«

»Hallo!! Schon am Einschlafen, oder was?« Ole schnippte direkt vor Mads' Nase mit den Fingern.

»Ja, ja. Komm, lass uns fahren.«

Als sie rückwärts aus dem Carport fuhren, meinte Mads zu sehen, wie eine dunkle Gestalt sich hinter der Hecke unter den Kegeln der Autoscheinwerfer wegduckte. Ihm wurde schlecht. Er wusste genau, wer das war. Wer da auf der Lauer lag. Wie ein Raubtier. Und er wusste auch, wer die Beute war. Aber als er noch einmal hinsah, war da nichts Verdächtiges mehr.

Mads durfte den Film aussuchen, und als sie aus der Videothek kamen, sah er Frau Holst mit Elmer die Straße herunterkommen. Hand in Hand. Das war ja ganz schön schnell gegangen mit den beiden, dachte Mads, freute sich aber darüber, dass sein Plan aufgegangen war.

Auf den Film konnte er sich überhaupt nicht konzentrieren, obwohl es ein richtiger amerikanischer Actionstreifen ganz nach seinem Geschmack war, mit jeder Menge Schießereien und Autoverfolgungsjagden, Hubschrauberwettflügen und Explosionen. Mads liebte diese Filme, in denen der Held immer eine smarte Bemerkung losließ, bevor er den nächsten Schurken kaltmachte. Ole konnte solche Filme nicht ausstehen, er stand mehr auf diese seltsamen französischen Streifen, in denen wenig bis gar nichts passierte. Er schlief ungefähr nach der Hälfte des Films ein. Eva hielt etwas länger durch, aber bis zum Abspann schaffte auch sie es nicht. Im Flimmerlicht des Fernsehers betrachtete Mads seine Eltern. Sie sahen irgendwie anders aus. Wann hatte er sie zuletzt schlafend gesehen? Das musste Jahre her sein. Ganz schön unheimlich. Sie konnten abends nur lange aufbleiben, wenn sie am Computer saßen und arbeiteten. Oder Nachrichten guckten. Mads ging durch den Kopf, dass das hier nicht war, wonach es aussah. Das hier war kein spontaner gemütlicher Familienabend. Sie hatten den Abend eingeplant. Ihn mit ihrer Arbeit abgestimmt. Die Zeit, die sie hier und heute vergeudeten, würden sie an einem anderen Tag wieder einholen müssen. Vielleicht Samstagabend. Oder Sonntagnachmittag. Er drückte auf STOP und schaltete den Fernseher aus.

Seine Eltern wachten davon nicht auf. Mads überlegte, sie zu wecken, beschloss dann aber, sie schlafen zu lassen. Sie würden schon selbst ins Bett finden, wenn sie aufwachten. Er wollte nicht eine Sekunde länger damit warten, herauszufinden, wo Karloff war. Mads wollte gerade die Treppe hinauflaufen, als er oben etwas knirschen hörte. Er erstarrte. Seine Eltern lagen im Wohnzimmer und schliefen, die konnten es also nicht sein. War das Karloff? Lag er da oben auf der Lauer?

Nein, Karloff war zu dumm, als dass er Mads' Lüge durchschauen könnte. Und außerdem war es viel zu riskant, bei fremden Leuten einzudringen, solange alle zu Hause waren. So bescheuert war Karloff dann doch nicht.

Mads spitzte die Ohren, hörte aber nichts mehr. Stufe für Stufe bewegte er sich nach oben in die Dunkelheit. Er hatte unten vergessen, das Licht im Treppenhaus einzuschalten. Vorsichtig öffnete er die Tür zu seinem Zimmer, machte Licht und sah hinein. Alles normal. Er schaltete den Computer ein, und während der hochfuhr, ging er Zähne putzen und auf die Toilette. Zurück in seinem Zimmer, setzte er sich auf seinen Schreibtischstuhl und startete *Alles*. Er klickte auf Karloff. Zoom. Mads schaffte es gerade noch, sich darüber zu wundern, dass das Spiel sein Haus heranzoomte, sein Zimmer, in dem er selbst vor dem Computer saß, und dass sich eine Schranktür öffnete. Im selben Moment hörte er die Schranktür hinter sich quietschen. Panisch fuhr er herum und starrte geradewegs in Karloffs fieses Grinsen.

Mads wollte schreien, aber sein Schrei wurde von einer fleischigen Pranke erstickt.

47 Die gesamte Menschheit

Karloffs Mund war direkt neben Mads' Ohr. »Man muss schon ganz schön verzweifelt sein, wenn man sich in Häuser schleicht, wo die Leute zu Hause sind«, flüsterte er. »Es wäre daher besser, wenn du genau das tust, was ich dir sage. Sonst ...« Er zerrte Mads' Kopf nach hinten, als wolle er seine Kehle freilegen. Bereit zu einem blutigen Schnitt.

Mads leistete keinen Widerstand.

»Ich hab vorhin deine Mutter getroffen«, zischte Karloff durch die Zähne und sein Lächeln hindurch. »Und weißt du, worüber wir gesprochen haben?«

Mads schluckte und schüttelte den Kopf.

Karloff schob sein Gesicht ganz dicht vor das von Mads. »Über deine Tante.« Karloff lächelte. »Deine Mutter hat mir erzählt, dass die gar keinen Vogel hat. Und auch noch nie einen gehabt hat. Ziemlich seltsam. Findest du nicht auch?«

Mads versuchte, den Kopf zu schütteln.

»Du hattest mir von deiner Tante erzählt, die einen Vogel hat, der Cora heißt. Das stimmt aber gar nicht. Und darum möchte ich jetzt gerne von dir wissen, woher zum Teufel du wusstest, dass ich einen Vogel habe, der Cora heißt. Das habe ich nämlich noch nie jemandem erzählt. Noch nie!« Auf einmal versteifte sich Karloff. Er starrte auf den Computerbildschirm. »Was zum Henker … Das sind ja wir. Da auf dem Bildschirm.« Er beugte sich nach vorn, ohne Mads loszulassen. »Sag bloß, du hast eine Überwachungskamera in deinem eigenen Zimmer?« Er sah sich um. »Wo ist sie?«

Das war Mads' Chance. Mit einer heftigen Bewegung stieß er den Schreibtischstuhl nach hinten und rammte Karloff so hart in den Bauch, dass er einen Schritt zurücktaumelte. Mads sprang auf und zur Tür, doch Karloff bekam ihn an seinem Arm zu fassen, zog ihn zu sich und hielt ihn fest. Mit seinem ganzen Gewicht legte sich Karloff auf Mads und quetschte seinen Kopf unsanft auf den Boden.

»Was ziehst du hier für eine Show ab, Alter?«, fauchte Karloff so wütend, dass ihm Speichelfäden aus dem Mund liefen. »Was ist das für ein Spiel, das du da spielst?«

»Ein ganz normales«, presste Mads hervor.

»Verarschen kann ich mich selbst, Mann!« Karloff stand auf und zog Mads hoch auf die Füße. Er zwang seinen Kopf direkt vor den Bildschirm. »Guck! Das sind wir. Jetzt trete ich dir in den Arsch, hier und auf dem Screen.«

Er trat Mads so fest, dass dieser mit der Stirn gegen den Bildschirm stieß.

»Weißt du deshalb, wie mein Vogel heißt?« Mit der flachen Hand schlug er Mads in den Nacken. »Zeig mir, wie das geht.« Er drückte Mads auf den Bürostuhl und packte ihn so fest am Nacken, dass Mads die Tränen kamen. »Los!«

Mads zitterte vor Angst. Er hatte seinen Körper überhaupt nicht mehr unter Kontrolle. Er versuchte, sich aus Karloffs Griff zu befreien, aber das war unmöglich. Widerstand war zwecklos.

»Das sieht aus wie ein Computerspiel«, murmelte er, »in dem man verschiedene Figuren durchs Leben steuert ...«

»Aber?«, sagte Karloff und packte noch fester zu.

»Aber es ist das echte Leben.«

Der Griff in seinem Nacken lockerte sich ein wenig. »Was?«, brummte Karloff. »Das kapier ich nicht. Jetzt erklär's schon richtig!«

»Das, was im Spiel passiert, passiert auch im echten Leben. Man kann jeden beliebigen Menschen steuern.«

»Mann, du redest vielleicht eine Scheiße«, brummte Karloff und schubste Mads so, dass er vom Stuhl und mit der Brust gegen die Bettkante fiel. Mads schnappte nach Luft, während Karloff sich auf dem Schreibtischstuhl breitmachte, der unter dem ungewohnten Gewicht quietschte und ächzte.

Mads lag mit geschlossenen Augen auf dem Boden und wartete darauf, dass der brennende Schmerz in den Rippen nachließ. Er war müde. So unendlich müde. Aber mit einem Mal sprang er auf und hampelte herum wie bekloppt. Karloff lachte höhnisch und sah ihn strahlend an. »Ja! Na, los! Und jetzt machst du mal eben hundert Liegestützen.«

»Einen Scheißdreck mache ich«, rief Mads.

Karloff klickte mit der Maus. Mads warf sich auf den Boden und machte Liegestützen. Karloffs Gelächter hallte durchs gesamte Zimmer, während sich Mads auf dem Boden abkämpfte. Hoch, runter, hoch, runter. Scheiße, tat das weh. Hoch, runter, hoch, runter. Jeder einzelne Muskel protestierte und Mads wünschte, er könnte aufhören, aber das ging nicht. Er war nicht länger Herr über seinen eigenen Körper. Er machte immer weiter, immer weiter, bis ihm schwarz vor Augen wurde und er auf dem Boden zusammenbrach.

Als er aufwachte, war Karloff verschwunden. Mads kroch zum Schreibtischstuhl und zog sich hinauf. Das war nicht so einfach, weil seine Arme sich anfühlten wie Spaghetti. Das CD-Laufwerk seines Computers stand offen und die *Alles*-CD war weg. Mads klickte auf das *Alles*-Icon auf dem Schreibtisch. Da öffnete sich ein kleines Fenster und informierte, dass das Spiel nur mit der zugehörigen CD im Laufwerk gestartet werden konnte.

»Jetzt haben wir ja wohl richtig verschissen«, murmelte Mads und spürte, wie sich das Spaghettigefühl aus den Armen im ganzen Körper ausbreitete. Mit »wir« meinte er die gesamte Menschheit.

48 Protestgeschrei

Die Schule war noch da, als Mads am nächsten Morgen hinkam. Das überraschte ihn. Karloff hatte wahrscheinlich noch nicht durchschaut, wie viel man mit *Alles* machen konnte. Noch nicht. Aber das würde nicht mehr lange dauern. Karloff kam nicht in die Schule, und Mads zitterten deswegen so sehr die Hände, dass er nicht mal mehr einen Stift halten konnte.

Und überhaupt konnte er seine Arme nach den vielen Liegestützen gestern zu nichts mehr gebrauchen. Er hatte noch nie einen solchen Muskelkater gehabt.

Mads schielte nach oben zur Decke. Nicht, weil er damit rechnete, da oben irgendetwas Interessantes zu sehen, sondern weil er im Gefühl hatte, dass Karloff zu Hause am Computer saß und die Klasse beobachtete. Was er sich wohl einfallen lassen würde?

»Was ist denn mit dir los?«, flüsterte Caroline ihm zu. »Du siehst krank aus.«

»Bin ich auch«, murmelte er.

Sie hatten Bigum. Wer war eigentlich auf die Idee gekommen, das Ballspiel nach ihm zu benennen? Mads wusste es nicht mehr. Jedenfalls hatte das nichts damit zu tun gehabt, dass sie Bigum besonders toll fanden. Eher im Gegenteil. Wenn man irgendwas nicht hinkriegte, half er einem immer auf so grottennervige Art und Weise. Nie gab er eine klare, eindeutige Antwort, weil er meinte, dass der Schüler dann ja nicht selber lernen würde, Probleme zu lösen. Mads wusste genau, dass es in seinem Leben zwei große Probleme gab, die er niemals selbst würde lösen können: Mathe und Karloff.

Bigum war gerade dabei, ihnen lang und breit zu erklären, wie man Gleichungen löste, als sein langer, hagerer, leicht gebeugter Körper auf einmal hüpfte. Überrascht sahen die Schüler zu ihrem Lehrer, der gleich noch einmal hüpfte. Und zwar aufs Pult, wo er die Arme zur Seite ausstreckte, als würde er am Kreuz hängen. Der Klasse klappte kollektiv die Kinnlade herunter und alle glotzten ihn an.

»Bis Montag löst ihr alle Aufgaben auf Seite 25 bis 29 und Seite 42 bis 46. Und zwar schriftlich. Ich will alle am Montag hier auf meinem Pult haben!«

Die Klasse brach in Protestgeschrei aus, aber das interessierte Bigum nicht. »Ihr habt doch das ganze Wochenende Zeit!«, rief er und lächelte übers ganze faltige Gesicht. Er sprang vom Tisch, klaubte seine Sachen zusammen und war zur Tür hinaus, bevor irgendjemand ernsthaft protestieren konnte.

Sie waren schockiert. Alle. Sogar die Schleimer. »Wir gehen zum Rektor«, sagten sie wie aus einem Mund.

»Gute Idee«, sagten mehrere andere, und blitzschnell wurde beschlossen, dass die Schleimer sofort zum Rektor gehen und sich im Namen der Klasse beschweren sollten. Zehn Minuten später kehrten sie zurück, leichenblass.

»Was hat er gesagt?«, wollten Lasse und einige andere wissen.

»Wir sollen außerdem noch die Aufgaben auf Seite 58 bis 62 machen.«

In der nächsten Stunde bat Mads Frau Holst, nach Hause gehen zu dürfen, weil er krank sei. Frau Holst erlaubte es ihm, betonte aber, dass er eine schriftliche Entschuldigung von seinen Eltern bräuchte.

»Ja, ja«, murmelte Mads und ging. Es ging ihm wirklich nicht gut. Ihm war schwindelig und schlecht. Er hatte auch nicht gut geschlafen. Die Arme hatten ihm wehgetan und er hatte von Karloff und seinen Händen geträumt. Karloff wollte Mads die Hand geben und Mads hatte freiwillig eingeschlagen. Doch da zermalmte Karloff mit seiner riesigen Pranke Mads' Hand zu Mehl.

Er ging schnurstracks ins Bett, als er nach Hause kam, und schlief, bis seine Mutter ihn weckte und besorgt fragte, ob er krank sei. Doch der lange Mittagsschlaf hatte Mads gut getan. Er half seiner Mutter sogar beim Kochen. Die erzählte, dass sie sich bald ein paar Tage freinehmen wollte, um mal gründlich sauber zu machen und aufzuräumen. Mads nickte nur. Er hatte keine Lust zu reden. Er hatte überhaupt keine Lust auf irgendetwas. Und schon gar nicht, sich an den Computer zu setzen. Was nützte das schon? Was nützte überhaupt noch irgendwas? Er konnte nichts tun. Außer darauf zu warten, dass Karloff zuschlug.

Schon am selben Abend konnte Mads in den Nachrichten Karloffs Spuren erkennen. Tina Johansen berichtete von einem sehr seltsamen Zwischenfall in einer Bank in Århus. Eine

Angestellte hatte ihre Geldschublade geleert, sämtliche Scheine in eine Tasche gepackt, war aus der Bank spaziert und mit einem Taxi in einen Vorort gefahren, wo sie die Tasche in einen Abfalleimer an einer Bushaltestelle gelegt hatte. Dann war sie mit dem Taxi wieder zurück zur Bank gefahren. Dort hatten sich ihre Kollegen bereits gewundert, dass sie während der Arbeitszeit die Bank verlassen hatte. Als sie die leere Geldschublade sahen, riefen sie die Polizei. Die Bankangestellte hatte man zum Verhör mit aufs Präsidium genommen, während die Polizei vergeblich die Tasche mit dem Geld suchte. So viel war es nicht. Es wurden Bilder von Polizisten mit Hunden an der Bushaltestelle eingespielt und Mads erkannte die Haltestelle sofort. Sie war nur ein paar hundert Meter von hier entfernt – in der Nähe der Mietskasernen, in denen Karloff wohnte.

Mads schüttelte den Kopf. Er hatte sich kein Geld besorgt, weil er nichts Kriminelles tun wollte, aber solche Bedenken hatte Karloff offenbar nicht. Hatte Mads auch nicht von ihm erwartet. Vielleicht war Mads ja ein viel zu weicher Gott. Ein richtiger Gott musste hart und unbarmherzig sein – so war das doch immer. Ständig starben Menschen, Menschen brachten sich um, Träume wurden zerstört.

Die nächste Nachricht kam auch aus Århus. Ein Theater am Stadtrand war bis auf die Grundmauern abgebrannt. Man hatte den Brandstifter bereits gefasst, einen alten Mann, der seinen täglichen Nachmittagsspaziergang machte, als er plötzlich hinters Theater ging, eine Scheibe einschlug – er wusste selbst nicht mehr wie –, etwas Papierabfall in einem Müllsack anzündete und den Sack durchs Fenster hineinwarf. Dann hatte er seinen Spaziergang fortgesetzt, als wäre nichts gewesen.

Mads fürchtete, dass als Nächstes die Schule abbrennen würde. Karloff hasste die Schule. Und jetzt, wo er nie wieder Geldsorgen haben würde, brauchte er auch keine Arbeit mehr. Und keine Ausbildung. Er konnte einfach alles abfackeln, was ihn nervte. Und niemand hätte jemals einen Verdacht, dass er dahinterstecken könnte. Niemand außer Mads.

Mads verließ auch am nächsten Tag das Haus nicht. Er war zwar nicht mehr krank, aber er konnte einfach an nichts anderes mehr denken als daran, wie er nicht nur sich selbst, sondern der gesamten Menschheit aus der Klemme helfen konnte, in die er sie gebracht hatte. Ganz klar: Er musste an *Alles* herankommen. Er musste Karloff irgendwie aus der Wohnung locken und dann selbst reingehen und die CD aus Karloffs Computer reißen. Logisch. Die große Frage war bloß, wie er das anstellen sollte.

Gegen Mittag hörte er in der Ferne Feuerwehrsirenen. Ob Karloff wohl zugeschlagen hatte? Mads schauderte bei dem Gedanken, dass Karloff auf die Idee kommen könnte, den amerikanischen Präsidenten zu steuern. Oder den russischen. Oder den chinesischen. Gab es in China überhaupt einen Präsidenten? Egal. Er würde jedenfalls ziemlich viel Unglück anrichten können, dieser Karloff. Atomkrieg, im schlimmsten Fall. Mads hoffte, dass er bis auf Weiteres genug mit seinen eigenen Problemen beschäftigt sein würde – so, wie Mads es auch gewesen war.

49 Unter Druck

Mads rief die Nachrichten im Internet ab, weil er sicher war, dass Karloff dort auch heute Spuren hinterlassen würde. Und siehe da – Mads zweifelte nicht eine Sekunde daran, dass Karloff seine Finger im Spiel hatte, als er las, dass ein Geldtransport einer Bank in einen kleinen Park im nördlichen Århus gefahren war, dass der Fahrer den Wagen dort abgestellt und angefangen hatte, eine schwarze Plastikkiste nach der anderen zu entladen und auf dem Rasen aufzureihen. Ein Mann, der gerade mit seinem Hund Gassi ging, hatte das beobachtet und sofort bei der Polizei angerufen. Die war gerade in dem Moment angekommen, als der Fahrer sich wieder in den Wagen gesetzt hatte und wegfahren wollte. Man hatte ihn noch nicht verhört.

Mads jubelte. Karloff hatte das Geld nicht bekommen, und das würde ihn unter Druck setzen. Er würde sich etwas anderes einfallen lassen müssen, um an Geld zu kommen. Und das war ganz bestimmt das, worüber er momentan am meisten nachdachte. Das Problem war bloß, dass er natürlich ganz genau wusste, dass Mads der einzige Mensch auf der ganzen Welt war, der wusste, dass Karloff zurzeit Gott war. Und deshalb behielt er Mads sicher ganz genau im Auge. Zoomte ganz nah an ihn heran und versicherte sich, dass er sich nicht irgendwie an Karloff heranschlich, um die CD wieder an sich zu bringen.

Mads brauchte jemanden, der ihm half. Jemanden, den Karloff nicht die ganze Zeit im Auge behielt. Schließlich konnte er ja nicht alle ständig beobachten. Aber wer könnte das sein? Einer der anderen Jungs aus ihrer Klasse – Lasse oder Steffen. Mads nahm sein Handy und rief Steffen an. Der war auf dem Weg zu einem Fußballwochenende mit dem Talent-Team und würde erst Sonntagabend wiederkommen. Mads wünschte ihm viel Glück und rief Lasse an.

»Hey, Alter!«, rief Lasse. »Kommst du mit? LAN bei Kristoffer?«

»Jetzt?«

»Jap. Das ganze Wochenende. Wir schlafen draußen im Zelt, das wird so perfekt. Wir sind zwar schon zu acht, aber Peter war sich nicht ganz sicher, ob er wirklich kann, von daher kannst du vielleicht doch noch mitmachen.«

»Nee, kann leider nicht, ich muss … «

»Was?«

»Ach … Verschiedene Sachen. Familienkram und so.«

»Ach, du Scheiße.«

»Ja, genau.«

»Und was ist mit nur Samstag oder nur Sonntag?«

»Nein.«

»Hm. Okay. Also, dann.«

Mads steckte das Handy zurück in die Hosentasche. Shit! Was sollte er jetzt machen? Es musste doch jemanden geben, der ihm helfen konnte! Er könnte William fragen, aber der konnte bestimmt auch nicht, weil er in die Muckibude musste. Was waren das bloß für Freunde? Das Problem war, dass er ihnen ja schlecht erzählen konnte, worum es ging.

Je weniger Leute über *Alles* Bescheid wussten, desto besser. Mads lehnte sich zurück und seufzte. Dann fiel sein Blick auf das zerknüllte Faltblatt vom Theater, das neben dem Papierkorb gelandet war, und musste an Caroline denken. Vielleicht konnte sie ihm ja helfen? Warum nicht? Schließlich sah es so aus, als ob Karloff ein klein wenig in sie verschossen war. Er hatte ihr mehrere SMS geschickt. Vielleicht konnte er das jetzt irgendwie nutzen. Mads fischte das Handy wieder aus der Hosentasche und rief Caroline an.

»Ich bin's, Mads.«

»Hallo. Ich dachte, du bist krank.«

»War ich auch. Aber heute ging's mir schon wieder besser. Hätte eigentlich gut in die Schule gehen können, aber ich habe mir noch einen freien Tag gegönnt.«

»Schön blöd«, sagte sie.

»Warum?«

»Frau Holst hatte Kuchen mit.«

»Quatsch!«

»Nein, echt. Und in Sport durften wir selbst entscheiden, was wir spielen wollten. Ist das nicht irre?«

Allerdings. Das war kaum zu glauben. Frau Holst war eine der strengsten Lehrerinnen der Schule, in ihren Stunden erlaubte sie so etwas nie. Und sie brachte auch nie Kuchen, Eis oder sonst was zum Naschen mit. Nie. Konnte gut sein, dass Karloff dahintersteckte, aber irgendwie passte das nicht, denn warum sollte Karloff plötzlich nett zu seinen Klassenkameraden sein? Gestern hatte er dafür gesorgt, dass sie jede Menge Hausaufgaben von Bigum aufbekamen – und heute ließ er Frau Holst Kuchen mitbringen?

»Warum rufst du an?«, fragte Caroline.

»Ich wollte bloß fragen, ob … äh … ob wir vielleicht … Also, dieser Dänisch-Aufsatz, ja? Ich hatte dazu eine ganz gute Idee.«

»Und was hat das mit mir zu tun?«

Mads verstummte. Ihr Angebot, ihm damit zu helfen, musste in einem anderen Speicherstand gewesen sein. Mist.

»Willst du mich vielleicht fragen, ob ich dir dabei helfen könnte?«, fragte Caroline.

»Ja.«

Sie lachte. »Klar. Gerne.«

»Super! Sagen wir … jetzt gleich?«

»Jetzt? Freitagnachmittag?«

»Ja.«

Sie schwieg einen Moment. Dann sagte sie: »Okay. Ich komme.«

50 Geniale Ideen

Mads zerbrach sich den Kopf darüber, wie er mit Carolines Hilfe Karloff aus der Wohnung locken könnte, ohne sie in die ganze Sache einzuweihen. Als sie bei ihm klingelte, wusste er es immer noch nicht.

»Hallo«, sagte sie und strahlte ihn an, als er ihr aufmachte.

»Hey. Komm rein.«

»Bist du allein?«, fragte sie.

Er nickte.

»Ganz schön still in so 'nem Haus, wenn man ganz allein ist«, sagte sie, während sie sich die Jacke auszog. »Vor allem, wenn man keinen Hund hat.«

»Komm, wir gehen hoch«, sagte Mads und ging voraus. Er setzte sich auf den Schreibtischstuhl, Caroline setzte sich aufs Bett. Sie hatte eine Schultertasche mit. Aus der holte sie jetzt ein Heft. »Also. Dann erzähl mal von deiner guten Idee.«

»Äh … ja … also … Ich dachte bloß, dass in dem Stück, du weißt schon … Also, die, die da sterben, ja? Vielleicht sterben die gar nicht wirklich. Also, im Stück. Vielleicht ist das nur so 'ne Art symbolischer Tod.«

Caroline machte große Augen. »Genau das wollte ich auch schreiben.«

»Echt?« Mads tat überrascht.

»Ja! Witzig. Aber auch ein bisschen blöd. Ich fand meine Idee nämlich ziemlich genial.«

»Ja, und? Ich kann keine genialen Ideen haben, oder was?«

»Ach, Quatsch«, lachte sie. »Aber wenn noch mehr in der Klasse die gleiche Idee haben, dann ist sie vielleicht nicht so genial, wie ich dachte.«

In ihrer Tasche piepte es. Sie angelte ihr Handy hervor und las die SMS. Und Mads wusste jetzt, wie er Karloff aus der Wohnung locken konnte, ohne dass Caroline etwas mitbekam.

»Von meiner Mutter«, sagte Caroline. »Ich antworte ihr eben schnell.«

»Ja, klar.« Sein Puls beschleunigte sich. Yes! Jetzt hatte er einen glasklaren Plan. Bevor Caroline wieder nach Hause ging, musste er sich mal eben ihr Handy »leihen«. Es aus ihrer Tasche holen, ohne dass sie es merkte, damit er von Carolines Handy aus eine SMS an Karloff schicken konnte, die ihn aus der Wohnung locken würde. Danach konnte er die SMS wieder löschen und ihr das Handy am nächsten Tag wiedergeben und behaupten, es sei ihr wohl aus der Tasche gefallen. Ja, verdammt! Und ob er geniale Ideen haben konnte!

»Okay«, sagte er, als sie fertig war. »Dann wollen wir mal.«

Zwei Stunden später waren sie fertig.

»Zumindest in groben Zügen«, sagte Caroline. »Jetzt musst du das Ganze nur noch mal durchlesen und eventuelle Fehler korrigieren und so.«

»Klar«, sagte Mads und nickte. Fehler? Was denn für Fehler? Er sah keine Fehler. Was sollte da denn noch groß korrigiert werden? Das machte er sonst auch nie. Er hatte sich gar nicht recht konzentrieren können. Ständig dachte er nur an Carolines Handy, das gleich neben ihnen auf dem Bett lag. So nah und doch so fern.

»Na, dann …« Mads klatschte und rieb sich wie nach getaner Arbeit die Hände. »Mission completed.« Er lächelte.

»Ja.«

Caroline blieb sitzen. Wieso blieb sie sitzen?

Na los, dachte er. Jetzt geh schon.

»Ich fand das schön, mit dir zusammen Hausaufgaben zu machen«, sagte sie und sah ihn aus ihren großen dunklen Augen an. Mads bekam feuchte Hände und einen trockenen Mund. Was ging denn jetzt ab, bitte? Sie lehnte sich zu ihm herüber. Nein! Nein, nein, nein! Sie küsste ihn auf den Mund. Sein Herz blieb stehen. Zum Glück war der Kuss schnell vorbei, aber sein Herz schlug immer noch nicht wieder. Da war er sich ganz sicher.

Sie stand auf und packte ihr Heft und ihr Handy in die Tasche. Was sollte Mads bloß tun? Man kann sich ja nicht bewegen, solange das Herz stillsteht. Und wenn das Herz stillsteht, ist man tot und alles andere egal. Hungerkatastrophen, Kriege, Atombomben, Hausaufgaben – nichts bedeutet etwas. Bis das Herz wieder anfängt zu schlagen. Und das tat es. Es fühlte sich an, wie wenn man einen halb platten Fußball schießt: Flump! Dann ging die Pumpe wieder und Mads atmete sehr tief ein.

»Ha … Ka …«, flüsterte er und versuchte, aufzustehen.

»Wie bitte?«, fragte sie.

Jetzt stand er. Unsicher. Aber er stand. »Schön«, krächzte er und versuchte zu lächeln. Er machte die Tür auf und ging in den Flur.

»Darf ich noch eben schnell bei euch aufs Klo?«, fragte sie.

»Klar.« Er zeigte auf die entsprechende Tür. »Da. Soll ich solange deine Tasche halten?«

»Gerne.« Sie gab ihm die Tasche und ging auf die Toilette.

Blitzschnell zog Mads den Reißverschluss auf, griff in die Tasche, holte das Handy heraus, steckte es ein und machte die Tasche wieder zu. Als sie aus dem Bad kam, stand er schon an der Treppe und wartete auf sie. Er reichte ihr die Tasche und sie gingen nach unten.

»Du bist irgendwie süß«, sagte sie lächelnd und küsste ihn noch mal.

Dieses Mal war er besser vorbereitet. Und seine inneren Organe auch. Zum Stillstand kam keines, auch wenn das eine oder andere kurz davor war.

»Bis Montag«, sagte sie und winkte.

Er schloss die Haustür und atmete aus. Da klingelte ihr Handy.

51 Ein Quietschen

Mads starrte aufs Display. »Mama« stand da. Ihm blieb nichts anderes übrig, als den Anruf zu ignorieren. Er ging ins Wohnzimmer und sah alle empfangenen Nachrichten durch, bis er eine von Karloff fand. Die war schon mehrere Wochen alt. Er öffnete sie.

»Bis dann«, stand da. Mads drückte auf »Antworten« und schrieb: »Hey, was geht, wolln wir uns treffen?« Er wollte die SMS gerade abschicken, als ihm einfiel, dass Caroline wohl nicht »Hey« schreiben würde. Und »was geht« vielleicht auch nicht. So schrieben Mädchen nicht. Wie schrieben Mädchen denn dann? Bestimmt in langen Sätzen und mit Punkt und Komma. Er löschte, was er eingetippt hatte, und fing noch mal von vorn an. »Hallo. Wie wär's, wenn wir uns mal treffen würden? In einer halben Stunde an der Tanke?«

Keine zehn Sekunden später piepte Carolines Handy.

»Komme.« Mehr stand da nicht.

Mads ballte die Hand zur Faust, warf Carolines Handy aufs Bett, riss den Schrank auf, zog sich ein Kapuzenshirt über und eilte hinaus. Mit dem Fahrrad fuhr er bis zu dem Hochhaus, in dem Karloff wohnte, und versteckte sich hinter ein paar Sträuchern. Von dort konnte er beobachten, wann Karloff herauskam. Fünf Minuten später ging die Tür auf und

Karloff erschien. Mads hielt die Luft an. Die Sache musste einfach klappen. Es war seine einzige Chance. Und wenn er die verspielte, konnte Karloff ihn jederzeit ins Hafenbecken springen und drauflosschwimmen lassen, bis er nicht mehr konnte. Oder ihn sich vor einen Zug werfen lassen. Oder ... Mads schüttelte die Gedanken ab und hielt den Blick fest auf Karloffs kantige Silhouette gerichtet. Er stand im Gegenlicht der Treppenhausbeleuchtung. Es wurde langsam dunkel. Die Straßenlaternen waren bereits an.

Karloff richtete den Kragen seiner Jacke auf, sah sich nach beiden Seiten um, als hätte er den Verdacht, dass hier jemand auf der Lauer lag, und ging dann weiter. Als er um die Ecke verschwunden war, verließ Mads sein Versteck und lief geduckt zur Tür, dann die Treppe hoch bis in den fünften Stock. Er verschnaufte kurz, bevor er klingelte, und stellte sicher, dass die Kapuze den größten Teil seines Kopfes verbarg. Nach einer halben Ewigkeit öffnete sich die Tür. Quietschend. Und nur einen Spalt breit. »Wer ist da?«, näselte es.

»Kris.«

»Kris wer?«

»Ich bin ein Freund von Karlof... Karl.«

»Karl ist gerade weggegangen.«

»Macht nichts. Ich muss nur was abholen, was er sich von mir geliehen hat.«

»Kannst du nicht warten, bis er zurück ist?«

»Nein. Leider nicht.«

Mads hörte ein genervtes Seufzen. Er bekam Angst, hineinzugehen, aber er hatte keine Wahl. Eine solche Chance würde er nie wieder bekommen.

»Du wartest eine halbe Minute, dann kannst du rein-kommen, verstanden?«, hörte er.

»Ja«, antwortete Mads und zählte bis dreißig. Dann drückte er die Tür auf und trat in den dunklen Flur. Es stank. Schimmelig. Vergammelt. Nicht gelüftet. Vom Wohnzimmer her fiel ein schmaler Streifen Licht in den Flur, aber die Wohn-zimmertür wurde ganz geschlossen, kaum dass Mads den Flur betreten hatte. Er war erleichtert, dass Karloffs Mutter nicht gesehen werden wollte. Ihr Anblick auf dem Bildschirm hatte ihm ehrlich gesagt gereicht. Er hatte keine Lust, von fliegenden Tellern oder Aschenbechern getroffen zu werden.

»Ich muss nur schnell in sein Zimmer, ich weiß, wo alles ist«, rief Mads in Richtung Wohnzimmertür.

Keine Reaktion. Er tastete sich an der Wand entlang. In Karloffs Zimmer machte er sofort das Licht an. Das Erste, was er sah, waren der Vogelkäfig und Cora. Dann fiel sein Blick auf den Computer. Er stand auf dem Schreibtisch. Mads schaltete ihn ein. Das Teil fing an zu summen, dann hörte Mads das Ge-bläse. Der Computer war alt. Längst nicht so schnell wie der von Mads. Er drückte auf den Knopf neben der CD-Schub-lade. Normalerweise konnte man das CD-Laufwerk schon öffnen, wenn der Computer noch nicht fertig hochgefahren war, aber in diesem Fall tat sich nichts. Mads drückte noch ein paar Mal. Nichts.

»Jetzt komm schon, bitte«, flüsterte er, während es in dem großen grauen Kasten ratterte und summte. Mads kau-te auf dem Daumennagel herum und fing an zu schwitzen. Er ging ans Fenster und sah hinunter zum Parkplatz und zur Straße. Nichts los. Vor allem keine kantige Karloff-Silhouette.

Er kehrte zurück zum Schreibtisch und drückte noch mal auf das CD-Laufwerk. Cora saß da und klimperte mit den Augen, sagte aber nichts.

»Jetzt komm schon, verdammt noch mal«, flüsterte er und starrte auf den Bildschirm, der jetzt ganz blau war. An der Seite waren ein paar Icons, aber Windows war immer noch nicht so weit. »Das gibt's doch gar nicht, wie kann der denn nur so langsam sein?«, knurrte Mads und biss sich in die Knöchel. Unten auf der Straße hupte ein Auto. Weit weg und doch deutlich zu hören. Endlich öffnete sich das CD-Laufwerk, und *Alles* lag darin, wie Mads es erwartet hatte. Er nahm die CD, steckte sie ein, schloss das Laufwerk und sah dann aus dem Augenwinkel Caroline, das heißt, ein Bild von ihr. Karloffs Desktophintergrund. Wie gebannt betrachtete Mads ihr Lächeln. Was für ein hammergutes Foto von ihr. Ob Karloff das gemacht hatte? Musste er ja. Im Hintergrund war der Schulhof zu sehen. Er hatte das sicher mit seiner Handykamera gemacht. Mads hörte ein Quietschen. Erschrocken zuckte er zusammen, machte erst den Computer und dann das Licht aus und blieb dann einen Moment im Dunkeln sitzen. Der Schweiß lief ihm über die Stirn und in die Augen. Das brannte. Er wischte sich den Schweiß mit dem Handrücken weg, stand auf und schlich zur Tür. Dann hörte er wieder dieses Quietschen, und jetzt wusste er, woher es kam. Er streckte den Kopf zur Zimmertür hinaus und sah, dass die Wohnungstür offen stand. Eine große, kantige Gestalt trat in den Flur und schloss die Tür.

52 Schweißtropfen

Vornübergebeugt stand Karloff da und stützte sich an der Tür ab. Er schwitzte und schnappte nach Luft. Er war gerannt. Mads zog den Kopf ein und war einen Augenblick lang wie gelähmt. Dann versuchte er, die Beine zu bewegen, verlor aber das Gleichgewicht, taumelte links gegen den Türrahmen, fand das Gleichgewicht wieder und zog sich rückwärts in Karloffs Zimmer zurück.

Karloffs Mutter rief irgendetwas aus dem Wohnzimmer. Karloff rief zurück: »Ich bin's bloß, Mama.« Dann richtete er sich zu seiner vollen, beeindruckenden Größe auf und fing an, sich durch den kleinen Flur zu bewegen. Mit einem schweren Schritt nach dem anderen näherte er sich seinem Zimmer und damit Mads. Der knallte die Tür zu und entdeckte im selben Moment, dass ein Schlüssel im Loch steckte. Er griff nach dem Schlüssel und wollte gerade abschließen, als die Tür so gewaltsam aufgestoßen wurde, dass Mads rückwärtsstolperte und seinen Körper erst dann wieder unter Kontrolle hatte, als er am Schreibtisch angekommen war. Karloff stand mitten in der Tür und blockierte sie. Damit war Mads jeder Ausweg versperrt. Na gut, nicht jeder. Aber der andere führte auf direktem Wege fünf Stockwerke nach unten. Und zwar senkrecht.

»Ich hab das Licht gesehen«, lachte Karloff und machte das Licht wieder an. Er schwitzte, schien aber die Tropfen, die ihm über die Stirn liefen, gar nicht zu bemerken. »Ich war schon halb bei der Tanke, da hab ich gesehen, dass in meinem Zimmer Licht war. Ja, so weit kann man mein Zimmerfenster sehen. So ist das, wenn man im fünften Stock wohnt. Aber daran hattest du nicht gedacht, du Holz. Und ich wusste sofort, dass das eine Falle war, und dass du sie mir gestellt hattest. Meine Mutter geht nämlich nie in mein Zimmer. Nie.«

Verzweifelt sah sich Mads um. Cora machte »Bumm«, als würde etwas explodieren. Mads stürzte sich auf den Käfig, riss das Türchen auf, steckte die Hand hinein und packte den Vogel. Karloff wusste gar nicht, was da geschah. Als er es kapierte, war es bereits zu spät. Mads zog Cora aus dem Käfig und schrie: »Halt! Bleib stehen! Noch einen Schritt, und ich drehe ihr den Hals um!«

Karloff blieb stehen. Mitten im Zimmer, kaum zwei Meter von Mads entfernt. Er grunzte: »Das machst du eh nicht.«

»Darauf würde ich mich an deiner Stelle nicht verlassen«, sagte Mads. »Hast ja gesehen, wie schnell das gehen kann, als Jeppe an der Tanke der Taube den Hals umgedreht hat.« Mads fasste Cora am Kopf. Nicht besonders fest, aber doch genug, dass Karloff ein paar Schritte zurückging. Als er gegen die Wand stieß, hob er beide Hände vor die Brust, die Handflächen zu Mads gewandt, als wolle er zeigen, dass er nicht bewaffnet war und dass Mads bloß nicht seine Drohung wahr machen sollte. Er war blass geworden und sein Blick hatte etwas von der Kälte und Härte verloren, die eben noch daringestanden hatten. Mads setzte sich seitwärts in Bewegung, Richtung Tür.

»Geh da rüber zum Schreibtisch«, sagte er. »Langsam!«

Karloff tat, was er sagte.

»Das Spiel«, sagte Karloff plötzlich, »das ist ja wohl unglaublich.«

»Halt die Klappe«, knurrte Mads.

»Wie lange hast du das schon?«

»Das geht dich 'n Scheiß an.«

Karloff schnippte mit den Fingern. »Du warst das! Du hast dafür gesorgt, dass Frau Holst ihre Meinung zu dem Survival-Wochenende geändert hat, stimmt's?«

Mads antwortete nicht, sondern bewegte sich weiter mit Cora in den Händen seitwärts Richtung Tür.

»Ich hab mit dem Spiel ganz andere Sachen gemacht«, sagte Karloff. »Ich habe mir Geld besorgt. Ich habe mir gerade überlegt, wie ich an ganze Millionen rankomme.«

»Das glaube ich gerne«, knurrte Mads. »Wahrscheinlich, indem du einen Unschuldigen einen bewaffneten Raubüberfall begehen und das Geld hinterher bei dir abliefern lässt.«

»So was in der Art, ja. Du bist ja ein viel zu großes Weichei für so was. Und darum könnten wir ein ziemlich gutes Team abgeben. Ich besorg die Kohle und du darfst dann damit so viel Gutes tun, wie du willst. Verstehst du nicht? Wir müssen zusammenarbeiten!« Er ging einen Schritt auf Mads zu, der inzwischen bei der Tür angekommen war.

»Bleib, wo du bist!«, rief Mads und reckte ihm drohend die Hände mit Cora entgegen. Der Vogel biss ihn in die Finger, aber Mads bemerkte das kaum.

»Mach dich locker, Mann«, brummte Karloff.

Der Schlüssel steckte immer noch. Ganz kurz ließ Mads den Vogel mit einer Hand los und schnappte sich den Schlüssel. Im selben Moment ging Karloff zum Angriff über. Er stürzte sich auf Mads und packte ihn am Handgelenk. Sie gingen beide zu Boden und einen Moment lang hatte Mads Karloffs volles Gewicht auf sich. Das drückte ihm fast die ganze Luft aus den Lungen, aber eine Sekunde später war er wieder frei. Er hatte immer noch Cora in der Hand, aber Karloff versuchte mit Gewalt, seine Finger nach hinten zu biegen. Mads wehrte sich mit aller Kraft und stieß Karloff von sich. Im selben Moment stieß Cora ein erbärmliches Krächzen aus. Karloff erstarrte. Der Vogel war nicht mehr in Mads' Hand. Wo war er? Scheiße! Scheiße, Scheiße. Wo war der Vogel? Er war erledigt, wenn er den Vogel nicht mehr hatte. Aber was war mit Karloff los? Er lag ganz still neben ihm. Mads zog seinen Arm unter ihm hervor, rappelte sich auf und rannte zur Tür. Karloff lag immer noch mitten im Zimmer auf dem Boden. Beschützend beugte er sich über Cora, die leblos vor ihm auf dem Boden lag. Vorsichtig hob Karloff sie mit seinen Pranken auf. Ihr Kopf baumelte schlaff. Mit dem Finger hob er ihn vorsichtig an.

Mads riss die Tür auf, stürzte hinaus, knallte sie wieder zu und schloss sie ab. Dann rannte er zur Wohnungstür.

»Was ist denn da los?«, hörte er Karloffs Mutter aus dem Wohnzimmer rufen. »Karl? Was machst du?«

Mads riss die Tür auf und sprang dann immer mehrere Stufen auf einmal nehmend die Treppe herunter. Erst als er vor dem Haus auf dem Bürgersteig stand, sah er nach, ob er die CD noch immer in der Tasche hatte. Ja, hatte er.

53 In den Müll

Er stürzte ins Haus, rief seinen Eltern nur kurz »Hallo!« zu und rannte dann gleich weiter in sein Zimmer, wo er den Computer einschaltete, die CD einlegte und das Spiel lud. Wo war Karloff? Würde Mads ihn aufhalten können? Das war eine Frage der Zeit. Vielleicht stand er bereits draußen im Garten und war kurz davor, eine Leiter ans Haus zu stellen, direkt unter Mads' Zimmerfenster, um sich zu rächen. Und Mads war sicher, dass sein Kopf genauso schlaff baumeln würde wie Coras, wenn Karloff sich gerächt hatte. Er klickte auf Karloff.

Zoom. Der kleine weiße Vogel und der große dunkle Körper lagen immer noch mitten in Karloffs Zimmer auf dem Boden, genau wie Mads sie zurückgelassen hatte. Er atmete erleichtert auf und lehnte sich zurück. Er war völlig durchgeschwitzt, nachdem er den ganzen Weg gerannt war, und er musste dringend etwas trinken. Jetzt, wo er wusste, dass Karloff nicht in seiner Nähe war, konnte er sich ein wenig entspannen. Schließlich deutete auch nichts darauf hin, dass Karloff sich so bald in Bewegung setzen würde. Mads hörte ein Geräusch vor Karloffs Zimmertür, dann ging sie auch schon auf. Karloffs Mutter lehnte sich gegen den Türrahmen. Sie sah aus, als ob sie ohne diese Stütze sofort umfallen würde.

»Was ist denn hier los?«, näselte sie. »Was ist das für ein Lärm?«

Karloff rührte sich nicht.

»Karl? Hörst du mich? Steh auf, Junge. Antworte mir. Was ist hier los?«

Da endlich bewegte sich die zusammengekrümmte Gestalt auf dem Boden. Karloff hielt seiner Mutter den toten weißen Vogel hin.

»Ist der tot? Na, Gott sei Dank. Dann haben der Dreck und der Lärm ja endlich ein Ende. Jetzt steh schon auf. Du kannst den Vogel in den Müll werfen.« Dann drehte sie sich um und ging.

Karloff rappelte sich auf. Auf wackligen Beinen stand er mitten in seinem Zimmer. Er legte Cora in den Käfig, schloss das Türchen und drehte sich um. Sah Mads direkt ins Gesicht, und zwar mit einem solchen Hass und einer solchen Rachsucht im Blick, dass Mads die Hände vors Gesicht schlug. Als er wieder auf den Bildschirm sah, war Karloff bereits auf dem Weg die Treppe hinunter. Und zwar in einem Affentempo.

»Shit!«, rief Mads und geriet in Panik, weil er genau wusste, was Karloffs Ziel war. Da rannte er auch schon über die große Straße Richtung des Viertels, in dem Mads wohnte. Schnell öffnete Mads die Übersicht über die gespeicherten Spiele. Er musste eins der älteren Spiele laden. Eins, wo Cora noch lebte. Eins aus der Zeit, bevor Karloff die CD in die Finger bekommen hatte.

54 Autosave

Er lud den Tag, an dem er Carolines Vater davor bewahrt hatte, mit dem Rocker auf dem Motorrad zu kollidieren. Mads konnte sich erinnern, dass Karloff am selben Tag seiner Mutter Eva über den Weg gelaufen war und mit ihr über Mads' Tante und den Vogel, den diese nie gehabt hatte, geredet hatte. Mads tippte den Namen seiner Mutter ein, klickte sie an und sah sie – Zoom! – vor dem Supermarkt aus dem Auto steigen. Da kam Karloff vorbei.

»Hallo, Karl«, sagte Eva und winkte ihm zu.

Karl sah sie an und grüßte zurück. Er wollte gerade weitergehen, als er es sich anders überlegte und stehen blieb. »Ist Mads schon zu Hause?«, fragte er.

»Keine Ahnung«, antwortete Eva. »Ich bin noch nicht zu Hause gewesen. Wieso?«

»Ich wollt bloß mit ihm über den Papagei von seiner Tante reden.«

Und genau hier war es beim letzten Mal schiefgelaufen. Mads doppelklickte auf seine Mutter, ließ sie die Autotür zuwerfen und wortlos an Karloff vorbeimarschieren. Karloff blieb stehen und sah ihr nach. Sie holte sich einen Einkaufswagen und verschwand dann in den Laden.

Karloff zuckte die Achseln und ging weiter. Mads lehnte

sich zurück. Katastrophe verhindert. Karloff würde ihm nicht auflauern und die CD klauen. Die Menschheit war gerettet. Und weil er eine Version geladen hatte, die noch vor dem Zeitpunkt gespeichert worden war, zu dem Karloff sich die CD unter den Nagel gerissen hatte, bedeutete das auch, dass Karloff gar keine Ahnung hatte, dass es dieses Spiel überhaupt gab. Um sicherzustellen, dass er es nie erfahren würde, beschloss Mads, die CD jetzt jedes Mal, wenn er aus dem Haus ging, aus dem Laufwerk zu nehmen. Er stand auf und sah sich nach einem guten Versteck um. Er fand es in einem seiner Schränke, in dem sich jede Menge alte Micky-Maus-Hefte stapelten. Er würde die CD einfach jedes Mal in eins der Hefte stecken, da würde sie niemals jemand finden. Von jetzt an würde er noch viel vorsichtiger sein. Denn selbst eine völlig unschuldige Nebenbemerkung konnte unüberschaubare Folgen haben. Vielleicht sollte er einen Plan machen. Vorausschauend denken. Wie beim Schach. Nur war Mads noch nie ein guter Schachspieler gewesen. Er seufzte. Da ging ihm auf, dass er jetzt schon wieder alles verloren hatte, was Caroline und er über dieses blöde Theaterstück geschrieben hatten.

»Nein, nein, nein!«, jaulte er, sprang in seinem Zimmer herum und raufte sich die Haare. Das verfolgte ihn ja wie ein Fluch! Zur Hölle! Jetzt würde er diesen beschissenen Aufsatz zum dritten Mal schreiben müssen! So ein verdammter Mist! Er hatte jetzt wirklich überhaupt keinen Nerv, aber dann fiel ihm ein, dass er den Aufsatz vielleicht besser schreiben sollte, solange alles gut lief. Denn wenn er Pech hatte, würde er in einigen Tagen oder einer Woche wieder mal eine frühere Version des Spiels laden müssen, und dann würde er den Aufsatz sogar ein viertes Mal schreiben müssen. Das musste er auf jeden Fall verhindern! Er setzte sich an den Computer, startete Word und saß dann eine Weile da und starrte auf das leere weiße Rechteck auf dem Bildschirm.

Symbolischer Tod. Ja. Klang gut. Aber was, wenn das Stück in Wirklichkeit gar nicht vom Tod handelte? Was, wenn es vom Leben handelte? Davon, dass man es genießen sollte, solange man konnte? Jenes großartige Leben, das man bitte einfach so gut und reich und richtig wie möglich leben sollte. Und davon, dass das, was gut und richtig für den einen war, schlecht und falsch für den anderen sein konnte, und dass das gerade das Schöne am Leben war. Dass es nicht *eine* Patentlösung für alles gab. Man sollte einfach das tun, was man für richtig hielt, und sich nicht darum kümmern, was die anderen sagten und taten. Den Toten in dem Stück war es ja vollkommen schnurz gewesen, was ihre Familien von ihnen hielten. Das passte perfekt!

Er fing an zu schreiben und schrieb und schrieb und schrieb. Nach nicht einmal einer Stunde war er fertig. Zum ersten Mal in seinem Leben las er sich alles noch mal gründlich durch, änderte hier und da noch etwas, korrigierte ein paar Fehler und setzte noch ein paar Kommata. Dann druckte er den Aufsatz aus und legte ihn fein säuberlich, ohne das Papier zu knicken, in seine Schultasche. Er hoffte, *Alles* würde in genau diesem Moment eine automatische Speicherung durchführen. Einen Autosave.

Abends fuhren Mads und sein Vater zur Videothek und liehen einen Film aus. Mads überließ es seinem Vater, einen von diesen seltsamen französischen Streifen auszusuchen, die er so gerne guckte. Auf dem Weg zum Auto sah er wieder Frau Holst und Elmer, wie sie Hand in Hand gingen.

»Warte mal kurz«, sagte Mads zu Ole und flitzte über den Parkplatz, direkt auf Frau Holst und Elmer zu. »Hallo, Frau Holst«, sagte er und blieb vor ihr stehen.

»Hallo, Mads. Was machst du denn hier?«

»War mit meinem Vater in der Videothek, einen Film ausleihen.« Er zeigte zu Ole. »Und Sie?«

»Ich … Wir machen einfach nur einen kleinen Spaziergang.«

»Okay.«

»Ja, Mads ist einer meiner Schüler aus der 7A«, erklärte sie Elmer.

»Ich bin schon mit dem Aufsatz fertig«, sagte Mads. »Mit dem über das Theaterstück.«

»So früh?«

»Jeps.«

»Na, da bin ich ja sehr gespannt auf deine Interpretation«, sagte Frau Holst und lächelte.

Mads nickte zufrieden und lief zurück zu Ole und ihrem Auto.

Dieses Mal waren es Mads und seine Mutter, die auf dem Sofa einschliefen, während sein Vater den Film bis zum Schluss sah. Mads machte erst wieder die Augen auf, als ihn Ole wach rüttelte.

»Französische Filme sind das reinste Schlafmittel«, murmelte Mads.

Ole lachte. »Ja, ja, mein Sohn. Du wirst es nicht glauben, aber der Film war wahnsinnig interessant.«

Mads nickte. »Genau. Interessant. Aber hammerlangweilig.«

Schlaftrunken wankte er ins Bett, ohne sich die Zähne zu putzen. Er ließ sich in die Federn fallen und schlief tief und fest, bis seine Mutter ihn am nächsten Morgen weckte. Mads blieb noch ein bisschen liegen und sah an die Decke. Wie war das jetzt noch mal? In welchem Spielstand befand er sich? Das war nicht gesund, so oft in der Zeit vor- und zurückzuspringen. Ganz schön verwirrend. Aber das hier war wohl ein ganz guter Stand. Er hatte jede Menge Probleme gelöst. Wirklich jede Menge. Er stand auf, und während ihm unter der Dusche das Wasser über den Kopf lief, summte er den Refrain von »Dying In Your Lap«.

Eva wuselte in der Küche um ihn herum, während er frühstückte.

»Wieso bist du denn noch nicht weg?«, fragte er.

»Ich hab mir zwei Tage freigenommen«, antwortete sie. »Das hab ich doch schon ein paarmal gesagt.«

»Ja, ja«, murmelte Mads und konzentrierte sich auf sein Frühstück.

Der Erste, den er sah, als er auf den Schulhof kam, war Karloff. Der stand da wie immer, aber kaum entdeckte er Mads, setzte er sich auch schon auf ihn zu in Bewegung. Mads ging schnell hinein, rannte die Treppe hinauf und überlegte in der Zwischenzeit fieberhaft, was Karloff wohl von ihm wollte. Was war schiefgelaufen? Er musste etwas übersehen haben. Warum war

Karloff immer noch hinter ihm her? Als er kurz stehen blieb und die Treppe hinuntersah, stand Karloff weiter unten, sah zu ihm und rief: »Warte!«

Mads rannte den Flur hinunter, am Klassenzimmer, vor dem bereits einige Mitschüler warteten, vorbei, und um die nächste Ecke, wo er mit Frau Holst zusammenstieß.

»Na, na, na, Mads. Auf den Fluren darf nicht gerannt werden. Oder hast du es etwa so eilig, deinen Aufsatz abzugeben?«

»Äh … ja. Hier ist er.« Mads holte den Aufsatz aus der Tasche und reichte ihn ihr.

Sie las die Überschrift und den ersten Satz. »Ich muss schon sagen. Das sieht sehr interessant aus.«

»Natürlich«, sagte er und ging dann mit ihr zusammen zum Klassenzimmer. So konnte Karloff ihm wenigstens nichts anhaben. Trotzdem gelang es Karloff, sich an ein paar anderen vorbeizudrängen und Mads am Arm zu fassen, während Frau Holst die Tür aufschloss und die Schleimer sie zutexteten wegen eines Buches, das sie gerade gelesen hatten.

»Sag mal, was ist denn los?«, krächzte Karloff.

Mads versuchte, seinen Arm zu befreien. Vergebens.

»Ich muss mit dir reden«, sagte Karloff. »Gleich in der Pause.«

Mads nickte, dann ließ Karloff ihn los. Mit einem flauen Gefühl im Bauch und weichen Knien schaffte er es, sich zu seinem Platz neben Steffen zu schleppen. Jetzt war er sich sicher. Er hätte ein noch älteres Savegame laden sollen.

55 Alter Kram

Mads dachte, er könnte nach dem Unterricht in der Schülermenge verschwinden, aber da spürte er auch schon eine kräftige Hand auf seiner Schulter und zuckte zusammen.

»Ich sagte, dass ich mit dir reden möchte«, knurrte Karloff.

Mads war nicht imstande, zu antworten.

»Der Film mit Cora und mir«, sagte er und blieb stehen.

Überrascht richtete Mads sich auf. Der Film mit Cora? Ach so, ja! Er war ja bei Karloff zu Hause gewesen und hatte ein YouTube-Video von den beiden aufgenommen. Er hatte noch gar nicht nachgesehen, wie viele Zugriffe es schon gegeben hatte.

»Den haben sich schon über fünftausend Leute angeguckt«, murmelte Karloff, als hätte er Mads' Gedanken gelesen.

»So viele?«

Karloff nickte. »Das geht echt hammerschnell. Aber der Oberhammer ist, dass das Fernsehen mir geschrieben hat. Die wollten wissen, ob ich das auch live machen könnte. Die wollen wohl irgend so eine Show machen, bei der die Leute verrückte Sachen mit ihren Haustieren machen, und da wollen sie mich gern dabeihaben.«

»Wow!«, brach es aus Mads hervor. »Glückwunsch!«

»Danke«, sagte Karloff und streckte die Hand aus. Im ersten Moment dachte Mads, Karloff wollte ihm in den Bauch boxen, doch dann begriff er, worum es ging, und gab Karloff ebenfalls die Hand. Karloff drückte sie völlig normal, nicht zu fest. Fast schon sanft.

Mads steuerte seine übliche Bank an. Er brauchte etwas Ruhe und Hardstyle, aber dann sah er Caroline, und Caroline sah ihn, und als ihre Blicke sich begegneten, verspürte Mads sofort so ein seltsames Kribbeln im Körper. Dasselbe Kribbeln, das er so oft empfand, wenn er sich an den Computer setzte.

Sie überquerte den Schulhof und setzte sich neben ihn.

»Worum ging's?«, wollte sie wissen.

»Wobei?«

»Na, Karloff und du, ihr habt euch doch die Hand gegeben.«

»Ach so. Ja. Das. Das war bloß … Ich hab ihm bei etwas geholfen. Er hat sich bedankt.«

»Du hast Karloff geholfen?« Sie wirkte überrascht. »Ich wusste gar nicht, dass du überhaupt irgendwelchen Leuten hilfst. Und schon gar nicht Leuten, die du nicht leiden kannst.«

»Karloff hat auch eine weiche Seite«, sagte Mads.

Sie lächelte. »Mein Vater hat übrigens einen neuen Job.«

»Echt?«

»Ja. Als Hausmeister, hier an der Schule. Er ist total aus dem Häuschen deswegen.«

»Hammergeil.«

»Ja. Das scheint genau das Richtige für ihn zu sein, wer

hätte das gedacht. Aber er bastelt ja schon immer so gerne an Heizungen und irgendwelchen Maschinen herum …«

»Und an Fahrrädern«, sagte Mads.

»Ja, genau. Er ist total happy. Wir wollen das am Sonntag feiern. Beim Mittagessen. Er hat gefragt, ob ich dich dazu einladen möchte.«

»Mich?«

»Ja.« Sie lachte. »Weil sonst zu viel übrig bleibt.«

»Gerne«, sagte Mads, während das Kribbeln im Körper heftiger wurde.

Als Mads nach Hause kam, sah er das Auto seiner Mutter vor der Tür. War sie etwa schon zu Hause? Schnell ging er hinein und stieß fast mit Eva und einem großen Karton zusammen, den sie hinaustrug.

»Musst du heute gar nicht arbeiten?«, fragte Mads.

Sie blieb stehen, setzte den Karton ab, stemmte die Hände in die Seiten und sah ihn streng an. »Das ist ja wohl nicht zu glauben. Jetzt hab ich dir schon mindestens zehn Mal erzählt, dass ich mir zwei Tage freigenommen habe. Es muss dringend mal gründlich aufgeräumt und ausgemistet werden. Seit heute Morgen bin ich schon zugange.«

»Okay«, sagte Mads und ruderte mit den Armen. »Kann ich dir irgendwie helfen?«

»Mir fehlt nur noch der Keller, sonst bin ich schon im ganzen Haus gewesen«, sagte sie.

»Im ganzen Haus?« Mads half seiner Mutter, den Karton zum Auto zu tragen. »Auch in meinem Zimmer?«

»Ja. Deine Schränke sind ja aus allen Nähten geplatzt

vor lauter altem Zeug. Spielsachen, die du seit Jahren nicht angerührt hast, alte Bücher und Zeitschriften …«

»Meine Micky-Maus-Hefte!«, stöhnte Mads und ließ den Karton los.

»Ja, die sind jetzt auch weg«, sagte Eva. »Jetzt pack schon an, Mads.«

Mads rannte die Treppe hinauf in sein Zimmer, riss die Schranktüren auf und sah mit eigenen Augen, dass die Micky-Maus-Hefte weg waren. Er warf die Türen wieder zu und lief hinaus zum Auto. Seine Mutter versuchte gerade, den Karton auf den Rücksitz zu bugsieren.

»Wo sind meine Micky-Maus-Hefte?«, rief Mads und fing an, in allen offenen Tüten und Kisten im Kofferraum herumzuwühlen.

»Hier nicht«, antwortete sie. »Ich hab schon eine Tour zum Flohmarkt gemacht heute.«

»Flohmarkt?«

»Ja. Heute ist ein großer Flohmarkt in der Innenstadt und meine Kollegin Birthe hat da einen Stand. Sie hat nichts dagegen, die Sachen zu verkaufen, die ich ihr bringe.«

»Wir fahren da jetzt hin«, rief Mads. »Sofort!«

»Ja, ja«, sagte Eva. »Das Auto ist ja auch schon wieder voll.«

Unruhig rutschte Mads den ganzen Weg auf seinem Sitz herum. Seine Mutter faselte davon, wie schön es sei, endlich mal den ganzen alten Kram loszuwerden. Sie parkten am Hafen und schleppten dann die vielen Tüten und Kartons Richtung Dom und Domvorplatz. Als Mads die vielen Menschen sah, schauderte ihn.

»Da drüben«, sagte Eva und machte eine Kopfbewegung. Als sie den Stand erreichten, ließ Mads alles fallen, was er trug. »Wo sind die Micky-Maus-Hefte?«, fragte er.

»Er ist total am Ausflippen, weil ich seine Hefte weggeräumt habe«, erklärte Eva ihrer Kollegin und verdrehte dabei die Augen.

»Oh«, sagte Birthe, »so ein Pech aber auch. Die habe ich nämlich schon alle verkauft.«

»Nein!«, schrie Mads.

»Doch. Ist schon eine Stunde her. Ein Mann hat sie für seine Tochter gekauft. Komplett. Alle.«

Mads fasste sich an den Kopf, taumelte und ließ sich dann auf einen von Birthes zwei Hockern sinken.

»Also, wirklich, Mads, was ist denn bloß los?«, fragte Eva. »Du bist ja ganz blass.«

»Nichts«, murmelte Mads.

»Ich konnte doch nicht wissen, dass dir diese Hefte so wichtig waren. Die liegen seit Jahren unberührt im Schrank. Wir können dir ja neue kaufen.«

»Ja«, murmelte Mads und ließ den Blick über die Menschenmenge auf dem Platz schweifen. Ein Schwarm Tauben flog auf, drehte eine Runde und ließ sich dann an derselben Stelle wieder nieder. Die Sonne hing tief am Himmel und tauchte Gebäude und Menschen in goldenes Licht. So viele verschiedene Menschen. So viele verschiedene Leben. Ein kleines Mädchen fing an zu weinen, seine Mutter kam sofort, um es zu trösten. Ein krummbeiniger alter Mann wackelte auf einen Stock gestützt vorüber. Eine Frau lachte laut und ansteckend.

»Die verkaufen hier jede Menge alte Micky-Maus-Hefte«, sagte Eva.

»Super«, sagte Mads und steckte sich die Kopfhörer in die Ohren. Die Farbe kehrte auf seine Wangen zurück. Er stand auf und lächelte seine Mutter an. »Ist schon okay. Eigentlich bin ich ja auch schon zu alt für Micky Maus.«

Sie lächelte und nickte.